だめをだいじょぶにしていく日々だよ

きくちゆみこ

Dame Dame
Daijobu Daijobu
Dame Dame
Daijobu Daijobu

twililight

目次

まえがき……6
01 大地でしっかり……12
02 自立、もしくは複数の顔との出会い……20
03 ちゃんとひとりでみんなで一緒に……35
04 わたしにとってのわたしたち……50
05 心の底……65
06 ビー・ヒア・ナウ……82

07 完璧なパフェ……100
08 鎮痛剤と押し寿司……115
09 海のおうち……132
10 熱の世界……148
11 自分の薪を燃やす……164
12 壁の花ではなかった……180
あとがき……198

まえがき

「だめをだいじょぶにしていく日々だよ」

この言葉をぶつぶつとつぶやくようになったのは、いつからだっただろう。「だめを、だいじょぶに、だめを、だいじょぶに」。だ、だ、だ、だ、D……と、舌先を上顎にべったりくっつけながら考える。ちょっとした圧迫とあたたかさ、触れることで思い出せることがたくさんある。それは言葉の一歩手前、まだ誰にも聞こえない、それでも胸のなかにたしかに生まれたかすかな衝動みたいなもの。口に出したら消えてしまいそう、でも声にすれば何かが動き出しそうな、そんなささやかな予感があった。

＊

二〇一七年ごろに世界中で流行ったインターネット・ミームがある。もともとはスペイン語で発信され、のちに〈HOW TO MAKE SUSHI〉という英語のタイトルで拡散されたその漫画は、たった6コマで、何をやってもうまくいかない人の心情がパーフェクトに描かれている。

　ある男が巻き寿司をつくろうと、あれこれ食材を用意する。さっそく巻き簀《す》に手をかけて、寿司を巻こうとする……のだけど、具材は飛び出し、手は酢飯でべたべたになり手に負えない。ぐちゃぐちゃになった寿司を見て、男は何ひとつうまくできない自分の人生を憂う、「ちくしょう！　だいなしにしやがった！　お前はいつもそうだ」。男はテーブルの下にもぐりこみ、膝を抱えたまま動くことができない。「誰もお前を愛さない」という心の声に押し潰されながら（毎回思うけれど、日本語訳がすばらしい）。


　たとえば心と体を、自分の思いと行動を一致させてものごとをやり抜いていくことが、「生きること」の基礎なのだとしたら。それがうまくできないことはやっぱりくるしい。わたしの場合、それは自転車に乗れないことだったり、跳び箱の手前で硬直してしまうことだったり、クラス対抗の大縄跳びであっさり縄に引っかかることだったりした。そうしたたくさんの「わたしにはできない」が年月をかけて堆積し、「だめ」の巨岩が人生のそこここでドーンとわたしの行く手を阻んでいる。

　生きづらさ、という言葉で一括りにしてしまってはたくさんのことがこぼれ落ちてしまうほど、深刻で早急に対処すべき問題をいくつも抱えた世界に生きている。でも、それでも、日常のささいなことで落ち込み、過去のできごとにつまずきつづけている自分のことも放っておけなかった。

「たかが寿司ごときで！」とつっこみたくなる気持ちもよくわかりながら、それでもこのミームが世界各国で訳され拡散され、無数のパロディが二〇二三年のいまでも生まれつづけている現実を思う。みんなくるしいね、というときの「みんな」が誰なのかはわからなくとも、そこに自分の姿を見出したことがない人はいないいんじゃないか。そんなとき、わたしたちはテーブルの下で見えない手をつないでいる。

＊

この本は、まるでそれがほとんど神さまか何かみたいに、愛し、頼り、信じ、救われ、ときに傷つき打ちのめされながら、言葉と一緒に生きてきたわたしの、なにかとさわがしい心の記録だ。またそれは「言葉とわたし」がどんなふうに変化してきたのか、もしくは変化していくのかの考察でもあった。「だめ、できない」という言葉のうしろで縮こまっていたかちこちの体を、「だいじょうぶ、だいじょうぶ」となんとかなだめて引っ張りあげていくような。

もとになった連載を執筆中、シュタイナー教育をひと通り学べる教員養成講座に通っていた。それと並行して、シュタイナーの考案した身体芸術「オイリュトミー」もここ数年ほど習いつづけている。そうした経験を経たことで、言葉と体のつながりや、文字だけではなく、声・音の持つちからについて深く考えるようになった。いまもぎりぎり音声言語優位の世界にいる、オンとの暮らしも同じような感覚を与えてくれたと思う。

だからこの本には、必然的にそうした学びの記録も含まれている。とはいえ、それらはあくまでもわたしという、個人のフィルターを通した内容だと理解してもらえたらさいわいです。

「だめ」が「だいじょぶ」に移り変わるまでの長い道のり。いくつもの時を、過去を、思い出をまたいでつむいだこの長い長いテキストの途中で、あなたとも見えない手をつなげることを願って。

だめをだいじょぶにしていく日々だよ

01

大地でしっかり

土曜日の遅い朝、上下にはげしく揺れるベッドの上で目を覚ました。オンがわたしの真横で腕を振り上げているのが見える。どしんどしんと足を踏み鳴らし、園で習った詩を唱えている。

光のなかから生まれてきました
きよらかな天の高みから
この地上に降りてきました
大地でしっかり生きるため
大地でしっかり生きるため……

それいいね、もう一回聞かせてよ、と伝える間もなく、オンは自分のベッドに飛び移り、今度はそちらとこちらをぴょんぴょん行き来しはじめた。そのバウンスに合わせて転がりそうになりながら、わたしはまた眠りに引き戻されてしまう。

夢のなかで、わたしはとあるアメリカ人映画監督と、彼の作品の常連である中年ミュージシャンの撮影を任されていた。インディペンデント映画好きなら絶対に知っているようなふたり。例にもれずわたしも高校時代からファンだったので、緊張をなだめるためにずいぶん前からあれやこれやと準備していた。それなのにいま、わたしの手のなかにあるのは二十年も前に中古で買ったみすぼらしいミノルタの一眼レフで、本来なら部品のいくつかを失ったまま、押し入れのなかで眠っているはずだった。シャッターは切れるし、自動でフィルムが巻き取られる音もする。それでも不安でたまらなくて、そばにいた松樹《まつき》に助けを仰いだ。

ねえこれちゃんと現像できると思う？　他にカメラ持ってきてないの？　さっき編集者にこんな機会二度とないんでって釘を刺されちゃったよ、っていうかなんで撮るのがわたしなの——？

ああ、まただ、不安が怒りに変わるサインだ、というタイミングで松樹がカメラに目をやりながら言った。「だいじょうぶ、たいていのことは失敗しちゃうものなんだよ」。

現実世界では松樹はもう仕事に出かけていて、変わりにオンがわたしに話しかけている。「きっちゃん起きて！　起きるっていうのは、ちゃんと立ち上がるってことだよ！」でもわたしは夢のなかのできごとですでに疲労困憊、ぜんぜん起き上がれる気がしない。水平のままぼんやりしているわたしの目に、オンは巨人のようにうつる。両手を下方で大きく開き、両足で地面を踏み締める。大地でしっかり、大地でしっかり。

＊

オンと暮らすようになってから、「だ」という音につよく惹かれるようになった。たとえばそれは、抱っこの「だ」、だいじょうぶだよの「だ」、大事だよ、だいすきだよ、抱きしめてあげるの「だ」、そして歩けるようになったオンが大地をどたばたと駆け回る、だ、だ、だ、だ、だ、だ、だ。

「だ」を構成する子音のDは、音声学的には有声歯茎《しけい》破裂音と呼ばれている。まず舌の先を上あごの歯茎部分にくっつけて空気を溜める。ふたたび舌先を離し、空気の放出とともに喉を震わせて音を出す。これに母音のAがつくと、日本語の「だ」になる。こんなふうに書くとずいぶん複雑な作業に思えるけれど、わたしたちはこれをほぼ無意識でやっている。

オーストリアの哲学者・神秘思想家で、シュタイナー教育（オンの園も取り入れている）の創始者であるルドルフ・シュタイナーは、子音のDは「受肉の音」だと考えていたらしい。地上に降りてきた存在があたらしくからだのなかに入るという、どこか決定的な音なんだと。

たしかにそれは、お腹のなかでしばらく一緒に過ごしてきた人が、外の世界に出てきたとたん、圧倒的に別の存在として目の前にあらわれたときの衝撃ともつながっているような気がする。はじめて顔を合わせた瞬間、胸のうちに広がる問い、「あなたは、だれ？」。でもそれはたちまちのうちに「だいすきだよ！」に変化したのだった。

舌を前歯の付け根にぺったりくっつけて感じる口腔内のあたたかさ、楕円の口で吐き出す空気とともに広がるあかるさ。だ、だ、だ、だ、だ、だ（あなたも一緒にやってみて）。それはいまだに慣れることのない、慣れる隙なんて与えないほどにめまぐるしく成長・変化していく小さい人と向き合い続ける毎日の気分にぴったりの音に思えた（というか、そうしたケオティックな一日一日を、なんとかくぐり抜けていくために不可欠な）。

それでも、なんとも不思議な、そしてまた厄介なことに、こんなふうに温かみとあかるさを孕んだ音は、自分に向けられるやいなや暗くて重たいものに変わってしまう。実のところ、わたしはその重たい響きのほうにすっかり馴染んで生きてきたのだ。だめだよ、できない、わたしにはできないよ、だってわたしは怠惰だし、だらしないし、ああ、わたしってなんてだめなやつなんだろう——!

だ・め、という、人の心をぐいぐい地面に押し付けるような言葉に打たれて、わたしはいつも水平のままぼんやり宙を仰いでいる。ずっとそんな気持ちでいる。それは長い時間をかけて心の奥でひっそり成長を続けていた、自己否定という名の小さなわたしの叫び声でもあった。

いま、わたしのすぐそばで軽快に飛び跳ねているだれかさんには毎日のように言いたくなる言葉を、自分自身に向けることはどうしてこんなにむずかしいんだろう? わたしの目の前にいる、別のからだに入っているあなたには、一点のくもりもなく、びっくりするくらいの確信を持って言えるそれらの言葉を、わたしがわたしに言ってあげることは。

わたしは手のひらをベッドに押し付け、重たいからだを引き上げる。分厚い靴下に包まれた足を床におろし、気が遠くなるほどの時間をかけて立ち上がる。まるでそれが世界ではじめてのことみたいに。大地でしっかり、大地でしっかり。まずはここからはじめてみよう。

アフター・トーク 01

小さい頃からとにかく疲れやすく、水平になれる時間ばかり求めてきた。寝つきは悪いけれど、いったん眠りにつけばいくつもの夢につかまって、なかなか抜け出すことができない。おそろしい夢を見た！　とびっしょり汗をかいて起きることもあるけれど、たいていはここで書いたような微妙な夢ばかり。悪夢とは呼べないけれど、たしかに心が削られるような。

わたしに「だめ」を投げつけてくる自己否定の根っこにあるのも、こうした夢のようなものなんだと思う。最悪の事態とは言えない小さな傷つきが、ぐいぐい心を地面に押しつけて、立ち上がる気力を奪っている。

それでも夢は不思議だ。誰かに説明しようとすると、たちまち話の核心がわからなくなる。つらかった理由を口にすればするほど、うなぎみたいにつるつる逃げて、そのうちばかばかしく思えてくる。
「なぁんだ、大したことないじゃん！」人から言われたらやっぱりぐさっと傷つきそうな言葉でも、自分で言うことができたならけっこう楽になることもあって。年を重ねるにつれて、そんな場面もふえてきた。

「最初に自分と向き合うときには、ひたすら真面目に。でも自分と再会するときには、明るく、かろみをもって」。以前お世話になった人に言われた言葉を思い出す。書くことはまさに自分との再会なのだから。

この本では、各章ごとにこうして「アフター・トーク」ページを用意してもらいました。読み返しながらビターな気持ちがにじむこともあるし、シリアスさに恥ずかしくなることもある（“Why so serious?” なつかしいヒース・レジャーのジョーカーがナイフを突きつけてくる）。でもこんなふうに自分の文章に再会しつつ、「副音声的なつっこみ」を入れることも、だめをだいじょぶにしていく練習なのだと思って……☆

写真は連載時のメインヴィジュアル。とっちらかったわたしの頭のなか。オイリュトミーのクライト（ドレス）を着たわたしや、はまっている編みぐるみ、すれちがう指、こぼしたコーヒー。巨大なオンの脚がかわいい。

そのときわたしを
おそれさせるものは
何もありません

02

自立、もしくは複数の顔との出会い

自立、という名前の男の子と暮らしていたことがあった。もう十年以上も前のこと。その頃わたしは留学生としてロサンゼルス郊外の街に住んでいて、彼とは数少ない日本人の友人を通じて出会った。その日は彼の二十歳の誕生日で、老舗のチャイニーズレストランに十名ほどが集まり、ピンクのクロスがかかった大きな丸テーブルを囲んで食事をした。豪快に配られる食器や雀牌みたいに重い中国箸がカチャカチャたてる音がにぎやかで、誰もが大声で話していた。

その店は彼がまだ「家族」と暮らしていた頃に通っていた思い出の場所だった。ラミネート加工された巨大なメニュー表から聞き慣れない名前の料理をつぎつぎに注文していく彼のことを、わたしはいいなと思って見つめていた。すると彼はわたしに顔を寄せ、「タダ飯が食える機会だよ、遠慮しないで！」と耳打ちしてきたのだった。

180種類を超える膨大なメニューのなかからわたしが選んだのは、146番の清炒四季豆－Sauteed String Bean（番号までわかるのはわたしの記憶力ではなくインターネットのおかげだ。都市名と店名を入れて画像検索すると一発でメニューがスクリーンに現れる）。「いんげんの油炒めが食べたい」と答えたわたしに、「だからきみはそんなに小さいんだよ！」と彼は首を振りながら笑った。たしかに彼は身長が180センチ以上もあったけれど、でもわたしよりずっと痩せていて、いつもお腹を空かせていた。

＊

初夏のこの時期、最寄り駅からマンションまで続くまっすぐな通りの両脇には、一斉にスタージャスミンが咲きはじめる。大きくも小さくもない、おもちゃの風車みたいに素朴な白い花は、人を酔わせるほどつよい香気を放っている。

大雨の前日、ひさしぶりに空気に湿度を感じた夜があった。わたしは強烈な花の香りにつつまれながら、かつて訪れたラスベガスの喧騒を思い出していた。去年も、おとどしも、オンが生まれたばかりのあの五月の夜もそうだった。湿度と夜とスタージャスミンの香りは、いつだってラスベガスなのだ。実際には、砂漠のど真ん中にあるあの街の平均湿度は二十パーセント前後ときわめて乾燥している。それなのにどうしてだろう？　世界中から集まる観光客の熱気と大量に消費されるアルコール、それからショッピングモールや高級ホテルなんかに漂う、きつい香水のにおいが記憶を呼び起こすのかもしれない。

ラスベガスへはロサンゼルスから車で四時間半ほどで行ける。影をまったくつくらない砂漠の道を日中運転し続けるのはかなり堪《こた》えるから、いつも夜明け前に出発した。まだ薄暗い空を背景に、ガス・ステーションの看板がぼんやり輝いている。つめたい給油機のハンドルをカチリと握ってレバーを固定し、自動で給油しているあいだにコーヒーとスナックを買いに行く。わたしはいつも道中に何かトラブルが起こるのではと危惧していて、だからカロリーの高いチョコレートバーをいくつか車内に常備するようにしていた。

年季のいった中古車の旅。ラスベガスに行くのは、わたしにとっては留学生のぜいたくな気晴らしで、でも彼にとっては食い扶持（そしてカレッジの授業料）を稼ぐための手段だった。カジノならロサンゼルスにもあったのに彼がラスベガス行きを好んだのは、そこならエンターテイメントやゴージャスなホテル・ビュッフェに群がる人たちの陽気さ（わたしもそのひとりだ）に紛れて、自分の抱えている問題の深刻さと向き合わずにすんだからなのかもしれない。彼はギャンブル依存症だった。

フィリピン華僑出身の父親と、その実家で働いていたフィリピン人の母親のあいだに生まれた彼は、生後すぐに母親と引き離され、四歳になると親族一同とともにアメリカに渡った。その後子育てを放棄した父親の代わりに叔母夫婦の家に引き取られ、実際にはいとこである妹たちと一緒に育った。しかし高校卒業と同時に彼は家から追い出されてしまう。それいらい、単発の仕事を得ながら友人たちの実家を転々とするか、教会が運営するシェルターなどの施設を利用して暮らしていた。

わたしと出会ったのは、彼がわたしの友人に新しくできた恋人の実家に滞在していた時期だった。恋人であるその男はわたしと同じカレッジの学生で、アニメオタクで気前はいいけれど（誕生日ディナーの代金をすべて支払った）、とにかく偉そうで、彼のことを明らかに下に見ているようだった。泊まる場所を提供する代わりに彼を自分の手下のように扱い、ギャングとのつながりがあることをほのめかしてもいた。

食事のあと、みんなでパロス・ヴァーデスにある男の実家に行くことになり車で丘を上った。ロサンゼルスの高級住宅地はたいてい交通に不便な丘の上にある。暖炉の前でお酒を飲みながらしばらく談笑しているうちに、わたしはしだいに男の態度に耐えられなくなった。だから彼と一緒に自分の家に戻ることに決めた。家といっても、当時のわたしが住んでいたのはバスルームも共用のシェアハウスの小さな一室。でもこうして三年にわたる彼との共同生活がはじまったのだ。その後すぐに追い出され、しばらくモーテル暮らしになることはまだ想像もしていなかったけれど（アナハイムのディズニーランドのすぐそばの安モーテルで、わたしたちは路肩の縁石に座って毎晩無料で花火を見た。『フロリダ・プロジェクト』みたいな話だ)。

彼はすぐにわたしの携帯電話の番号を記憶した。わたしのだけじゃない、すべての電話番号を彼は記憶した。高校のクラスメイトたちの、いくつかのシェルターの、仕事をくれる可能性のあるショップやレストランの、いとこである妹たちの、自分を追い出した叔母夫婦の、それから叔母が通っていた社交ダンス教室の番号まで。なぜなら、携帯電話に登録してもまたすぐに売るはめになるかもしれないから。番号さえ覚えていれば、今日を生き延びることができるかもしれないから。「ストリートワイズってやつだよ」と彼は言った。でもそれから手に入れたプリペイド携帯の発信記録に残ったのは、わたしの番号ばかりだった。

＊

毎晩、湯船につかりながらちびちび読んでいた『三体Ⅱ』の下巻があと少しで読み終わる。表紙がなんだか不気味で、そこらに置いておくとオンが「こわい本だねーっ」と避けるそぶりを見せるのでおかしい。ＳＦなので当然なのだろうが、宇宙文明を舞台に数百年単位で時が移り変わるので、ただ読み進めているだけなのに自分がずいぶん歳をとったような気がしてくる。

過酷な運命を背負うことになった主人公のひとり、羅輯《ルオジー》が、ふと過去をふりかえる静かな場面が印象に残った。二百年以上もかけてひとつの人生を送ることになった彼は、自分にはほんとうに子どもだった頃があるのだろうかと考える。

ぼくはほんとうに中学や高校に通ったのだったか？　ほんとうにあの場所に住んでいたのか？　ほんとうに初恋をして、ほんとうにあの人と暮らしたことがあったのか。

彼の人生は、ツキノワグマが畑でトウモロコシを一本とって脇にはさむたび、その前にとった一本を落としていくように、なにか手に入れると同時にべつのなにかを失くしていって、最後にはいくらも残っていないのだった。

遠くなった過去は足のつま先みたいだなと思う。いつもは分厚い靴下につつまれて（ささやかに冷えとりを続けているのだ）、ほとんどなきもののように毎日を過ごしている。そしてとつぜんやってくるのだ、小指をタンスの角にぶつける日が。ガツンと突き上げるあざやかな痛みが、拳をふり上げて叫ぶ、思い出せよ、思い出せ！　わたしは半泣きで悪態をつきながら、じんじん痺れる小指をさする。

あの夜、丘をくだり、シェアハウスを目指して走らせた車の助手席にもたれて座る横顔、カーステレオに合わせて熱唱したSaosinの「Plays Pretty for Baby」、小腹が減って深夜に食べた、茹でただけのぼそぼその蕎麦、「soba ってはじめて食べるよ」、煙草で枯れたがらがらの声と節くれだった大きな手。

わたしはどんな思いで彼を部屋に招いたんだっけ？　恋心なのか無責任な正義感なのか、それとも、出会う人すべてが等距離の顔見知りにしか思えなかった異国の地で、ただ誰かに、複数ではない、たったひとりの誰かに頼り、頼られたかったからなのか。わたしは来た道をふりかえる。落としたトウモロコシをひとつひとつ拾いあげ、腕いっぱいに抱えて立ちつくす。

彼が自分のチャイニーズ・ネームを知ったのは、二十一歳の誕生日を迎えた春のことだった。わたしは二十四歳になっていて、彼と出会って三つ目となった住所にある日手紙が届いたのだ。送り主は生き別れになった母親からで、消印はアラスカのアンカレッジだった。書類を持たない移民として介護の仕事についているという。お祝いの言葉、そして「ぜひ会いにきてほしい」という願いとともに、手紙には彼の中国名も併記されていた。「マイ・ディア・ベイビー、」それから漢字を使い慣れない人がゆっくり時間をかけて綴った、まっすぐな線と四角で構成された文字は、「自立」と読めた。

「これっておれの名前ってこと？　どういう意味？」。ひと足先に、というより、文字を目にした瞬間に意味を理解してしまったわたしは興奮していた。彼は自分につけられた英語名（それはベビーフードのブランド名から取られた、ファーストネームにするにはめずらしい名前だった）をまったく気にいっていなかったから、きっと喜ぶにちがいないと思ったのだ。

「これはねえ、ええと、"to stand on your own feet" 自分の足で立つってことだよ！　つまり "independent" ってこと。すごい、二十一歳（アメリカでの法定飲酒可能年齢で、一般的に「大人」と認められる特別な歳とされている）にぴったりだね！」

浮ついた声でそう言ったものの、わたしはすぐに口を閉じた。その頃のわたしたちは喧嘩ばかりしていて、その理由の大半がお金にまつわることだった。わたしは親からの仕送りに頼りながらふたりぶんの生活費を支払っていた。彼は本屋でのアルバイトで貯めた授業料を、ポーカーでスったばかりだった。

わたしはたぶん、いつまでたっても親に頼らずには生きていけそうにない自分の不安やみじめさを、彼と暮らすことでごまかそうとしていたのかもしれない。この先も大人になることから逃げ続けたい、このまま一生誰かに依存して生きていきたいという自分の本心から目をそらすために。わたしたちはウロボロスの蛇みたいに互いを互いの必要として、どんどんその輪を閉じ続けていた。彼は手紙をぐしゃっと握ると、ソファに仰向けに倒れて言った。「That's just too ironic, ベビーフードからいきなり自立ってさ」

*

昨年の年明けから、教員養成講座を受けるために横浜シュタイナー学園に通っている。先生を目指しているわけではないけれど、シュタイナー学校で実践されているさまざまな授業を実際に体験できるのがうれしい。どの教科を受けていてもその根底には「人間とはいったいどういう存在なのか」という人智学的な問いと、それに基づく洞察がある。

最初のブロックの授業で、ゼロ歳から一歳になるまでの赤ん坊に戻ってみようと、みんなで床に寝転んだことがあった。ガーっと音を立てながら机を動かして空間をつくり、よっこらせとからだを横たえる（大人になると、床に横になることもひと苦労なのだ）。寝返りの打てない赤ちゃんに見ることができるのは主に天井だけ。そこに親や親戚やお医者さんなんかがぼんやりと顔を出す。次にからだを起こし、四つ這いになる。自由に動くことはできるが、目に入るのは床や水平方向だけだ。「では、いよいよ立ち上がってみましょうか」と先生が言う。「感覚的な変化だけでなく、胸の内に広がる変化にも注目してみてください」。

シュタイナー教育では、こんなふうに人間のさまざまな発達段階を観察し、その時期に人がどんな衝動を抱え、何を必要とするのかに光を当てる。たとえば一歳ごろのテーマは「立つこと」（物理的な難しさを抱えている人であっても、その人のなかでの「まっすぐ」を希求することなのだと別の先生は言っていた）であり、ここで人ははじめて「自我」の萌芽を感じるが、それはまだかすかな予感にとどまっている。さらに大きな枠でとらえると、七歳までに「からだ」、十四歳までに「こころ」が完成し、そして二十一歳までに「あたま」を自分なりに働かせられるようになって、ようやく精神的な意味での「立つこと＝自立」への準備ができる。だからそれまでは親や教師といった大人たちが、子どもが本質的に求めている環境を用意し、覆いとなって見守ることが大切なのだ。

でも、と膝をつきながらわたしは考える。そうした環境が得られなかった人はどうしたらいいんだろう？　幼いころから心を過度に揺さぶられる経験を持ったり、自分を守るために小さなうちから知恵を絞って生きてこなくてはならなかった人は？　今はちゃんと立っているように見えても、いつ崩れ落ちてしまうかもわからない、目には見えない無数の傷を抱えている人たちはどうしたらいい？

何年経っても、あの日ソファに崩れ落ちた彼の姿がずっと頭から離れなかった。

そんなことを受講後もぐずぐず考え続けていたら、つい最近友人からこんな話を聞いた。「わたしね、これまでずっと自立しなきゃしなきゃって思いながら、がんばって仕事して、でもつらくて、恋人にばかり依存してしまっていた。でもこのあいだ取材のときに、教えてもらったことがあるんだ。自立するっていうのは、働いて自活するってことじゃないんだって。自立するっていうのは、大人になるっていうのは、依存できる先をいくつも見つけることができるってことなんだって」。

調べてみると、それはもともと熊谷晋一郎さんの言葉であるようだった。障害を持ちながら小児科医として活躍し、当事者研究に従事する熊谷さんは、自らの経験をふまえながら次のように言葉を定義しなおした。「自立とは依存先を増やすこと」。それはつまり、いざというときに頼ることができ、また頼ってもらえるような関係性を複数の人たちと結んでいくということなのだろう。そしてそれは、どんな人にも当てはまる、普遍的なことなのだと熊谷さんは語っていた。

昨年の一月、淡いピンク色をした覆いのようなあの教室で、もんもんとしながら立ち上がったわたしの目に入ってきたのは、人の顔だった。わたしではない、わたしとはちがう、ともに学んでいる人たちのいくつもの顔。四つ這いをしていたときにも他者の気配はあった。でもそれとはぜんぜんちがう、どこか圧倒的な輝きを持って、人の顔がわたしの心に飛び込んできたのだ。

二十一歳以降の大人にとって、「立つこと＝自立」とは、個人としての「自我」の、つまり「わたしはわたしである」という確固たる認識の誕生なのだとシュタイナーは言う。それは同時に、わたしではない「複数のあなた」の存在に気づき、出会っていくという長い道のりのはじまりでもある。

これを書きながら、彼も今のわたしと同じような場所に立っているといいなと思う。わたしもまだ、複数の人と関係を築くのはぜんぜん得意じゃないけれど。でもどうか、電話番号だけじゃなく、たくさんの顔に囲まれていて。ほんとうに必要なときには、すぐに声をかけられるかもしれないから——。

きょろきょろと教室を見回すと、みんなも同じように頭を動かしているのが見えた。なんだか生まれ変わったような気がして、照れくさくて、まぶしくて、あらためまして、こんにちは、と軽く頭を下げながらみんなで小さく笑った。

アフター・トーク 02

わたしはしょっちゅう家具の角に足の小指をぶつける。そのたびに座り込んでぎゃあぎゃあ喚いてしまうのだけれど、ぶつけるのは何かを調整する必要があったからなのだと、たとえば過去にしそこねたことや、これから起きるかもしれない怪我やなんか、そういうのをおぎなったり前もってやわらげたりするための調整なんだと、どこかで聞いたことがある。

『整体対話読本　ある』のなかにもそんな話が出てきて、整体師の川﨑さんは打撲と記憶の関係についてこんなことを言っていた。

「だけどどこかにまだそういうものが残ってれば、何年後かにもう一度その季節が来て、失恋を思い出させるように（笑）打撲、あの、復活させるような運動が出る訳です。で、それで初めて終わる。だから、記憶の再生が起こるっていうのは、体の中にひっかかりがあって、それを少しずつでも解く運動だと思って積極的にですね、肯定する事です。」

わたしにとって、過去をくり返し思い出したりそのことを飽きずに何度も何度も書いたりするのはきっと同じことなんだろう、それは少しずつでもじぶんの人生と調和していくための整え。もしくは自分の足で立つことのほんとうの意味を思い出すためのリマインダー。

だいすきなスタージャスミンの花はもうとっくに散っていて、いまだに鮮やかな緑の葉だけが排気ガスにじっと耐えている。また来年には豊かな香りを放つ、星みたいなかわいい花の予感をどこかに隠しながら。Saosin の「Plays Pretty for Baby」はいまでもひとりの帰り道にこっそり熱唱する夜もある。

写真は松樹との新婚旅行であのレストランを訪れたときのもの。
いんげん炒め、雀牌みたいな箸でいつも摑みそこねてしまう。

03

ちゃんとひとりでみんなで一緒に

「あげて、はこんで、おく。あげて、はこんで、おく」

重厚に響くピアノの隙間から先生の声がまっすぐに届く。わたしはそれに支えられてゆっくり静かに歩みを進める。

「足をつくときには、まるでそれがはじめてみたいに地面を感じて。ひとつひとつの歩みが、世界ではじめて起きることのように。だってあなたは、命をはこんでいるのだから。歩きながら、命をはこんでいるのだから」

＊

品川駅は歩く人を眺めるのにうってつけの場所だと思う。たとえば港南口にあるブルーボトルコーヒーにはガラス張りのカウンター席があって、その真下に高輪口からつながる連絡通路が見わたせる。オフィス街へと向かう人たちは、みんな正面を向いたまま迷いなくこちらに歩いてくるから、「写真撮影をしないでください」という注意書きまで貼ってある。そうしたまっすぐな無防備さがどうか守られますようにと思いながら、それでもひとつの大きな生きものみたいな人の流れに目をうばわれてしまう。

以前はそこで仕事をしていたこともあったけれど、いまのわたしの居場所は駅構内の、加賀棒茶をあつかう小さな店のカウンター席だ。もともと茶葉の販売とテイクアウトがメインの店だから、飲みものがリーズナブルな値段で買える。それに注文ごとに淹れてくれるあつあつのお茶がとにかくおいしい。たまにおまけでちがう焙煎のお茶までつけてくれる。目の前には新幹線と特急指定席券の券売機があって、その先には新幹線乗り場があるから、どの時間でもたくさんの人たちが通り過ぎるようすがガラス越しに見える。

わたしがそこにいるのは、たいていがオンのお迎えに行くまでの時間だ。ふだんは松樹が自転車で送り迎えをすることが多いけれど（わたしは乗れないのだ）、仕事で都合がつかないこともあり、そんな日にはわたしが電車で迎えに行くことになる。

オンと松樹以外ほとんどひとりで日々を過ごしているわたしには、いざ人に会うとなると「バッファ」の時間が必要になる。家から出たあと、しばらく人がにぎわう環境にまぎれておきたい。そうしたチューニングなしに人に会うと自分のペースがわからなくなり、相手が誰であろうとあとから必ず疲労困憊する。たとえそれが、園児が数名しかいない小さな園の、たった数分の送り迎えの時間でも。

焙《ほう》じ茶を飲みながら、本を取り出してスピンを引き抜く。でもすぐに緊張におそわれて(くり返しになるけれど、これは子どもを園に迎えに行くだけの話)、けっきょくガラス越しの世界をぼーっと見つめるだけになる。

「子育て・時間」と入れて検索すれば、その物理的な時間のなさが問題にされることが多く、事実それはその通りなのだけど、こうしてまったくひとりでいられる時間にも、というかほとんど二十四時間三百六十五日、心に入り込んでくる何かがある。だからいつもなんだか落ち着かない。それを愛だ、よろこびだと思えるときもあれば、侵食・消耗としか呼べないような日もあって、言葉にするのがむずかしい。そもそもこれは子どもに限らず、わたしではないだれか、というままならない存在と共にいること、それじたいにかかわる問題なのかもしれない。

そんなことを考えながら目の前を歩く人々を眺めていると、だんだん人の足が顔みたいに見えてくる。人の歩きかたには、たぶん顔と同じように表情があって、それはだれひとりとして同じじゃない。すたすたと風をきって歩く人もいれば、スタンプみたいに地面を踏みしめる人もいる。つま先を外へ突き出すように、上へ下へと跳ねるように、それから降りたての雪の上でも歩くみたいに、そっとそっと足をおく人も。杖をついている人もいるし、車椅子を利用する人もいる。ベビーカーにすっぽりおさまって満足そうに眠る子どもも。

人が自分をはこぶ、というそのごくさりげないやりかたにかけがえのなさまで加わって、思わず胸が打たれてしまう。これから新幹線に乗るのだろうか、ほかの場所よりグループが目につく。時間に遅れる！と早足で通り過ぎる家族も、親密そうに顔を寄せ合い歩くカップルも、おしゃべりに夢中で前も見ずにもくもくと進む三人組も、ひとりひとりちがう歩きかたで、それでもちゃんとひとかたまりで流れるようにわたしの前を通り過ぎていく。みんなで同じ船にでも乗っているみたいに。

オランダの科学者ホイヘンスは、壁に並んでかけられたふたつの振り子時計が正確に同じリズムで揺れていることを発見した。振動する複数の物体のあいだには、こうした相互作用がはたらいているのだと。この現象は「エントレインメント＝引き込み現象」と呼ばれていて、人間にも同じ作用が起きることが報告されている。たとえば人が二十四時間のサイクルで生活するのも、地球の自転のリズムに「引き込まれ」ているからなのだそうだ。

誰かと一緒に歩けるのもきっとこのためなんだろう、そしてたぶん、わたしの疲労困憊の理由も。

十三年前は、わたしが駅を歩く人だった。ロサンゼルスの大学院を中退し、ほとんど逃げるみたいに帰国してきたばかりの頃。そしてわたしには待ち人がいた。ふた回り年上で、ヨーロッパを転々としながら活動しているミュージシャン、九〇年代には日本でも仕事をしていたらしい。まあいろんな事情があって、だからこの先一緒にヨーロッパをめぐるのか、東京で暮らすのか、それともひとりでアメリカに戻って学業を続けるべきなのか、いろんなことが宙ぶらりんになったまま、わたしは品川駅の近くで仮り暮らしをしていた。それで毎日、高輪口から港南口へとつづくあの長い連絡通路を、通勤者や観光客にまぎれてふらふらと往復しながら過ごしていたのだった。

とめどなく歩くことで、未来のかすかな手ざわりをどうにか逃すまいとしていたのかもしれない。せわしなく行き交う人たちのなかからひとりを選び、後ろをついて歩くこともあった。そっと足取りを真似しながら、わたしが彼女だったらいまどんな気分だろう、これからどこへ行くんだろうとしばらく想像したりして。

新幹線の改札口から数か国語のアナウンスが流れてくる。その少し呪文めいたあかるい声が、まだ日本に戻りきれていない耳にやさしかった。

その人とはじめて会ったのはベルリンだった。大学院の授業についていけず、どろどろの共依存関係からも抜け出せなくて、ああもうわたしはどこにも行けないんだと、LAの小さな部屋で空想の物語ばかりTumblrにつづって生き延びていた日々、インターネット越しにわたしを見つけ、また別の道があるよと示してくれたのが彼だった。

ヒースローで乗り継ぎテーゲル空港へ。空港からアパートメントまではタクシーで。でもあの街ではとにかくずっと歩き回っていた。カルチャーにくわしくアーティストの友人も多い彼は、わたしをいくつもの美術館やギャラリーに連れ出した。流行りのカフェに行き、湖に出かけ、公園を散歩し、植物園をさまよった。行きつけだという小さな本屋には猫がいて、「インク」という意味の名前がついていた。彼が店主と話し込んでいるあいだ、わたしはその猫の喉をなでて時間をつぶした。

あんなにたくさんの場所をおとずれたのに、それらがどこにあったのかぜんぜん思い出せないのはなんでだろう？　猫の名前なら覚えているのに。彼の歩幅はあまりに大きく、わたしはいつも早足で後ろを歩きながら、息が上がっているのがばれませんように、と小さく祈っていた。

でもそれは歩いていたときだけじゃない、言語においても知識においても、あらゆる場面でそうだった。母語である英語と、長年暮らしていたために流暢なドイツ語、さまざまな引用とともに語られる議論に、わたしは必死でついていこうとしていたのだ。

象徴的なエピソードがある。ある夜、ライブを見に行った帰り道、わたしはこんなことを提案した。

「ねえ、いまからわたしは目をつぶるから、あなたがわたしを導いてよ」。

それでわたしはでこぼこした石畳の道を、彼の声と手だけを頼りにそろそろと歩きはじめたのだった。十代のころに『ビフォア・サンライズ』を観てしまったせいだろう、わたしは異国で見知らぬ人と歩くことにロマンティックな幻想を抱いたまま年を重ねていた(でもきっとわたしだけじゃないはず、そうだよね?)。

耳慣れないサイレンの音、エスニックレストランからただよう独特のスパイスの香り、手の温もり。それでもわたしはすぐに恐怖にとらえられて目をひらいた。目をつぶっていた距離はたいして長くはなかったけれど、わたしはすでに大切なものをゆずり渡してしまったんだと思う。

あの街で、わたしは自分のための地図を描くことができなかった。だから場所を覚えていないのだ。自分の足で歩かなくては、そこに足跡は残らない。でも、そのときのわたしはまだそれに気づいていなくて、それから東京で一緒にいた日々も同じように過ぎていった。

＊

春から集中的にオイリュトミーのレッスンを受けている。オイリュトミーはシュタイナーが考案した「動きの芸術」で、言語と音楽、それぞれを対象にしたものがある。言語のオイリュトミーでは、言葉を発するときに発声器官で生じる動きや、その感覚に注目する。そこで起きることを――目に見えないものを――手足にまでひろげ、母音や子音といったそれぞれの音が持つエネルギーをからだ全体で響かせ、目に見えるものにする。詩や短歌など、言葉のつらなりが生み出す流れやリズムなどをもとに地図のようなフォルムを描き、空間を動くこともある。

言葉を発するときのあの感じ、そのとき心に生まれるもの、それらとからだが一緒になって動くときの心地よさ。ギリシャ語で「うつくしい調和のあるリズム」という名前がつけられている理由も、なんとなくわかる気がする。

オイリュトミーと出会ったことで、わたしは生まれてはじめて「かだらを動かしたい」と思えるようになった。というよりむしろそれは、「わたしはからだを動かしてよい」という自分への許しのようなものだった。

「ああ、わたしはからだを動かしてもいいいんだ！」

それは内側からわっとあふれ出したらもう止まらない、あまりにまぶしくあかるい衝動で、言葉ならわかる、言葉なら動ける、そんな確信と解放感に満ちていた。わたしは自分のからだを取り戻したような気がした。

基本レッスンのひとつに、「三分割歩行」というのがある。歩行を「あげる、はこぶ、おく」という三つの要素にわけ、そのちがいを意識しながら歩く。まず右足を引いたポジションから、かかとを持ち上げ、つま先でごく軽く床をなぞるようにはこび、つま先からかかとへとゆっくりぴったり着地する。泉から水がぶわっと湧き出て、さーっと水が流れ、また地面に静かに吸い込まれていくというイメージ。

「前に進むときには、少し目が覚める感覚がありますね。では後ろに進んでみるとどう？一歩、一歩、眠りの世界に向かっている感じがするかもしれない。もしくは過去へと、目には見えない領域へと——」。

でも見えないまま歩くのはあぶない。つないだ手も拠りどころもなく、先へ進み続けるのは。さまざまな感情に揺さぶられながら、わたしはどんどん過去へと足を踏み入れていく。

ねえ、わたしはいったいどれだけ時間を無駄にしちゃったんだろう——？　たいていのものごとは、年をとるほどに近づいてくるものなんだと思ってた。学ぶことも書くこともそう、ひとつ進めばちゃんとひとつふえる、それが宇宙の真理みたいに。でも時が経てば経つほどに、どんどん遠ざかっていくものだってあるのかもしれないね。もっとはやくに出会えていたら、あのころからはじめていれば――そんなふうに思うのは、ほんとうにやりたかったことを見つけられたしるしなのかもしれないけれど。

あの頃わたしはまだ二十代半ばで、自分だけの時間ならたくさんあった。時間だけはたっぷりあったんだ、その前もそのずっと前も。ウサギとカメの寓話を思い出す。あのとき少しでも歩みを進めていたら、思い切りジャンプして距離を縮めていたら――。「なれていたかもしれないわたし」が時間の向こう側でわたしを見つめている。わたしはそこへとつづく足跡をさがしてあたりを見まわす。でもわたしはウサギでもカメでもなかった。幽霊みたいに、ただ連絡通路を行ったり来たりしていただけだった。

「はこぶとき、足が大地から解放されているのがわかる？　そのわずかな瞬間は、わたしたちに託されている。前後左右どこへ行ってもいい。そこには自由があって、同時に責任がある」と先生が言う。わたしはあとでメモに残せるように、その言葉をあたまのなかでくり返しながらぎこちなく歩みを進める。

目の前に、一緒にレッスンを受けている人たちの後ろ姿が見える。そのほとんどはわたしより上の世代の女性たちで、オイリュトミー歴何十年という大先輩たちばかりだ。仕事や子育てや介護など、おそらくそれぞれにちがった事情を抱えながら、その合間をぬうように続けてきたのだろう。そしていま、ようやくさまざまな役割から解放されて、同じグループの仲間として毎週稽古に通っている。彼女たちはわたしよりずっと動きが軽い。やわらかな優雅さをたたえて、堂々と、さっそうとフォルムを描く。ひとりで、みんなで。

たぶん大切なのは、これまで何歩歩いたのかでも、どれだけ距離を縮めたかでもないんだろう。ほんとうに大切なのは、わたしがいま、ちゃんとわたしのままで歩いているか、たぶんそれだけなのだ。どれだけ速いのかでも、どこを目指しているのかでもなく、いまのわたしが、ここで、どんなふうに歩いているのか。どんな過去を、どんな感情を、どんな希望を持ちながら、いまこの瞬間を歩いているのか。そのまわりには誰がいる？　どうしたら一緒に歩いていける？　互いを互いに引き込みながら、それでもちゃんと、わたしとあなたで。

三分割歩行は、なんだか人生のメタファーみたいだなとも思う。あげて、はこんで、おく。生まれて、生きて、死ぬ。でも生きているあいだは、命をはこんでいるそのあいだは、わたしにはわたしが託されている。あなたには、あなたが。

いま、わたしの横を歩く人たちは、気づけばしょっちゅう遅れをとっている。オンは道ばたに咲いている花を摘むのに夢中で、松樹は写真を撮るために何度も立ち止まろうとする。わたしはいつも「はやくはやく！」とふたりを急かしながら、それでも前より少しだけ息がしやすくなっていることに気づく。

アフター・トーク 03

この原稿を松樹に読んでもらったとき、「これってつまり、〈俺はもうプロ野球選手にはなれない症候群〉ってやつのこと?」と言っていた。「ふとあるときに気づくんだよね、ああもうプロにはなれないんだなって。別になりたかったわけじゃないんだけどさ」。

たしかに似てるけどちょっとちがう。わたしは「もうなれない」ということに気づいて、はじめてなりたかった何かがあったことを知った、そうして遅れてやってきた興奮と熱狂みたいなものに、突き動かされるようにこれを書いたんだと思う。それでも、ここで書いた「時間を無駄にしちゃったかも」という感覚はいまでもしょっちゅうある。後悔と名づける勇気はなくても、「ああ遅かった」と思ってしまうことが。「これ極めたい、もっと学びたい」というまぶしい願望が、育児や仕事に追われて、細切れにしか得られない時間のなかでどんどんしぼんでしまいそうになる。

子どもの頃、町内会のイベントで「あるけ・あるけ」というのがあった。ウォーキングとピクニックを兼ねたような催しで、検索してみると「健康維持と住民たち

「の交流」を目的として全国各地で行われているものらしい。とにかく歩くことが目的なので、ゴールは高校のグラウンドだったり、駅前広場だったりと観光的要素はゼロ。たくさん歩いて、汗を流して、着いた先でお弁当を広げながら世間話をする。

参加者のほとんどがお年寄りで、わたしも両親と一回参加したきりだったけれど、ずっと記憶に残っているのは「歩け歩け」という、ともすれば命令のようにも聞こえるこのネーミングが、イントネーションのおかげで明るくさわやかなものに感じられたからなんだと思う（発音するとき、「け」ではなく最初は「る」、二番目は「あ」が強調される……伝わるだろうか？）。いまでも「あるけ・あるけ」と口にするだけで足が自然と前に出るような、不思議な魅力がある。

歩くとき、かかとを上げて、次の一歩を踏みしめるまでのわずかな時間、それだけはぜんぶわたしのものだと思いたい。たとえ一瞬でも、細切れにしかならなくても。そこではきっと、「なりたい」と「なれない」がいい具合に帳消しになって、ただいまここにいる自分を受け入れられる気がするから。

写真は、品川駅を歩く人たち。
「わたしは　どこから来て　どこへゆくのか」という良寛さんの詩を思い出す。

04
わたしにとってのわたしたち

目に涙いっぱいためながら、いつもこの街を移動してるんだわたしは。

うまくいっていたのに最後に失敗した帰り道、コンビニで小さなパックに入ったお菓子をたくさん買った。手提げもスーツケースもパンパンだったから、コートの両側のポケットにすべてを無理やり突っ込んで、横断歩道に向かって歩き出した。

それは友人のイベントではじめてワークショップを担当した帰りだった。コロナも下火になりつつあった十一月。ほとんどの人にとって対面で集うのはひさしぶりのはずで、だからただ言葉を交わすだけでなく、心も体もぜんぶ使ってそこに一緒にいられるような会にしたいと思っていた。

イベントを主催する友人は新進気鋭の占星術師で、オンラインでいくつも講座を持っているから、先生としてすでにたくさんの人たちにしたわれている（だって人柄も魅力たっぷりなのだ）。一方のわたしには堂々と口にできるような肩書きがない。翻訳や文章の仕事をしたりはするけれど、SNSでわたしの様子を時おり見ていてくれる人たち以外には、自分をどうプレゼンテーションしていいのかわからない日々がもう二十年近くも続いていた。そのあいだに妻とか母とか居心地のわるいラベルばかりが増えていて、結局それを都合よく使いたくなる自分もいる。たとえば仕事がないとか人に会えないとかそういうときの言い訳に。

それでもわたしには、唯一自分の拠りどころとなるようなささやかな経験があった。それは、これまで十年以上細々とパーソナル・ジンをつくり続けてきたということ。だからワークショップではみんなでジンをつくることにしたのだった。

会場は恵比寿の広々としたネイルサロンで、その一角にラグを敷いた小さなスペースに参加者たちと車座になって座った。わたしを含め、Zoomから飛び出してきたばかりのからだは、人と同じ空間にいることにまだ慣れていない感じがあった。そこではじめに短い詩を唱えながら言葉を動いたり、ちょっとした手遊びやゲームをしてから自己紹介をすることにした。わたしが発行しているジンのスタイルをもとに、「こんにちはあなた、わたしは……」と自分のことを自分で語るのだ。肩書きでも仕事でも出身地でもなく、わたしにとってのわたしについて。それをあとからそれぞれA４一枚の紙にまとめ、文集のように一冊のジンにする。

今回は参加者のほとんどが友人の講座の受講者ということもあって、占星術の助けを借りることにした。それぞれ事前に自分の「太陽星座と月星座」を調べてもらい、それらがもたらす占星術的な意味などを考察しつつ、自分が思う「わたし像」についていろんな角度から語ってもらうことにしたのだ。それが短所であれ長所であれ、自らの特筆すべきポイントみたいなものについて誰かに伝えようとすると、うぬぼれや自虐になるんじゃないかと気後れしてしまうことがある。そんなとき、あえて「すべて星のせい」にしてみることで、語れることがある気がしていた。

実際ひとり五分という短い時間でも、すべての人たちの「わたし」の話を聞くことができたと思う。みんなで輪になり、自分について自分の言葉で語り、他者の話にじっと耳を傾けること。そのあとでひとり静かに自分のことを書き綴り、他者の言葉をゆっくり読んでみること。そのちがいと、それぞれがもたらしてくれる感覚について、体験してみたい・してほしいという思いも実現した。

わたしはあなたのことを知りたいし、あなたにもわたしを知ってほしい。たぶんわたしたちにはそういう時間が、いつもほんとうに足りなさすぎる。

占星術と出会ったことで、わたしは自分のことをもっと大きな視点で見つめるやりかたを知った。それは自分の運命をただ受け入れるというよりも、「わたしに与えられたわたし」とこの先どう付き合っていけばよいのかという、大まかな見通しみたいなものをもらったような感覚だ。そしてこれはきっと、自分自身にやさしくするという、わたしにとっての難題とも分かちがたく結びついている。

こうして二日間で二回行ったワークショップは、イベント全体のあたたかい雰囲気も手伝って、いずれも親密なものになった。みんなもそんなことを言ってくれたし、まわりで見ていた人も同じような感想を伝えてくれた。だからわたしは少し浮かれた。あれ、わたしってもしかしてファシリテーションの才能があるのかな？　これまでひっそりひとりで書くことしか芸がないと思っていたけど、じつは人の前に立つことが天職だったりして。

ここで占星術を持ち出すと、わたしは太陽だけじゃなく水星も土星も冥王星も蠍《さそり》座でしかも4ハウス、その他ほとんどの天体もチャートの下半分にあるザ・内向きタイプの人間である。暗い沼の底、カーテンを引いた自室のデスクこそが居場所だと思って生きてきた。関心はいつも自分だけに向けられていて、だから自己紹介に終始するジンばかりつくっている。それでもいまはさわやかな風の時代、唯一わずかにチャートの上に顔を出す水瓶座の月が輝きはじめている……？

そんな考えに夢中になりながら、わたしは終了後も参加者たちと代わるがわる立ち話を楽しんでいた。会場はいかにも水瓶座らしい、分け隔てのない社交的な空気に満ちていた。数日前からの緊張が解け、からだが急にゆるんでいく。そんなときわたしはオーバーリアクションになる。誰かがわたしに何かを言って、わたしは大げさに笑いながら相槌を打った。そのはずみで腕が揺れた、背後の棚にぶつかった、棚の上には店の什器が置かれていて、陶器でできたそのトルソーは落ちてこなごなに砕け散った。

やっちゃった、と思った瞬間にはいつも時間が止まったようになる。

＊

横断歩道の前方から、飲み会帰りだろう陽気な三人の女性たちが歩いてくる。腕を組んでぎゅうぎゅうにくっつきながら、そろって軽快な足取りで。いいな、わたしは今夜もとてもひとり。今夜もおとといも十年前も百年前も。そんなことを全身で感じながら、スーツケースよりも重たい足を引きずって歩く。そうだ、あのトルソーが割れたのも何かのしるしなのかもしれないいな。ちょっと人といい時間を過ごしたからって、調子に乗るんじゃゃないぞというメッセージ。みんなも親密に感じてくれたなんて、わたしはどうして思ったんだろう。なかには居心地わるく感じた人だっていたかもしれないのに。いざ自分が輪の中心にいると、見えなくなることがある。「みんな」という言葉を使うことのこわさを、ずっと感じて生きてきたはずなのに——。

あのあと、トルソーがこなごなになったあと、周りにいた人たちは誰もわたしを咎めなかった。ちりとりとほうきでさっと破片を片づけて、「気にしない気にしない!」と励ましてさえくれた。それでもこれまであったはずの親密で開放的な空気はどこかへ消え去ってしまった。あとに残っているのは、イベント終了後のかすかな疲労感だけ。それともそう感じたのは、泣きそうになるのをこらえるために自分を真空パックしていたせい?

あと少し、あと少しで家につくから思い切り泣ける、と思いながら早足で歩道を渡る。小学牛のころも中学生のころも、高校、大学に入ってからも、こんなことを思いながら坂道を駆け上がり、畑を横切り、自分の部屋を目指していたことを思い出す。二日後に、わたしは三十九歳になろうとしていた。

「失敗の歴史」というものがあるのなら、わたしのそれは年表にするのではとても足りない、わたしは毎日のように失敗を数えながら生きているような子どもだった。たとえば、全校でひとりだけ自転車に乗れない、鉄棒を逆上がれない、跳び箱を跳ぼうとして激突する、側転がただのカエル飛びになる、クラス対抗大縄跳びに引っかかる、秘密だらけの交換日記を廊下に落とす、先生が自宅にタクシーで迎えにくる、遠足のバスで一緒に座る相手が見つからない、山登りで喘息になり先生におぶわれて下山する、ｅｔｃ……。

　身体的などんくささと集団行動のしんどさ、いまとなっては笑い話にもできそうなのに、あのころのわたしには大事件だったすべてのこと。「失敗は成功のもと」ということわざが真理になるのは、失敗を克服できた場合だけなんだろう、でもわたしは「失敗しちゃった！」と思った瞬間、いつもそこから逃げ出していた。失敗したとき、からだはぎゅっと硬くなる。そして硬いからだは時を止める。

　教室で、廊下で、校庭で、わたしは何回時を止めてきただろう。先生も生徒たちもマネキンみたいにピタッと止まって動かない。わたしはそのあいだをそっとすり抜け、静かにそこから離れていく。怒られる前に、がっかりされる前に、つめたい目でこちらを見られる前に、わたしはみんなの前から姿を消す。わたしはとてもひとり。

＊

「でも失敗しちゃってもさ、どうせこの瞬間はいつか終わるじゃん。つらいことがあってもさ、未来の自分はもうそこにはいない」と松樹が言う。じゃあ、あなたも逃げてきたのね！　と前のめりに共感を求めると、それはちがうと首を振る。

「つらい思いをしてる自分はちゃんとここにいるんだよ、その時間はずっと続いてる。でも続いてるから未来がくるんじゃない？　時間はちゃんと流れていく。いまここで自分が失敗しちゃっても、それをすでに終えた自分がこの先にいる。それを俺は知っている。知ってるってことが、小さな救いになったりする。それだけのことだよ」。

失敗するたび、松樹は何度もこうやって説明してくれる。第一回のエッセイの夢に出てきた「たいていのことは失敗しちゃうものなんだよ」というセリフは実際に彼が口にしたことだった。

たとえばこうした考えかたが未来を垣間見せてくれるタイムマシーンなのだとしたら、わたしのそれはいつもわたしを過去にばかり連れていく。そうだよね、わかった！　と同じマシンに乗り込みながらも、毎回反対方向に突き進む。逃げ出したと思っていたそれらの時間は、すべてぎゅっと冷凍保存されたまま、わたしのなかに残り続けていたのだ。

失敗した思い出、つらかった記憶、はずかしい感情、あのときは抜け出すことができたとしても、それらはかちかちに固まって、鮮度をうしなわないままここにある。問題なのはきっと、トルソーが割れたことじゃない、わたしは無意識のうちに、終えていない過去の記憶といまのわたしを光速で結びつけている。失敗の歴史、その膨大なデータへのアクセスを止めるにはどうしたらいい？　かちかちの記憶を溶かして先に進むには？

＊

ビルの隙間から突風が吹く。三人は楽しそうに風に逆らいぐんぐん突き進んでいく。「セックス・アンド・ザ・シティ」のキャリーたちみたいに。すれちがいながら、ふと、わたしは彼女たちにすべてをぶちまけてしまいたいような衝動を感じた。そしてマッカラーズの『結婚式のメンバー』の主人公、フランキーのことを思い出した。

十二歳のフランキーは、物憂い夏の日々を行き場なく過ごしている。急激に成長し続けるからだを持て余し、「わたしがわたし以外の人間であればいいのにな」なんて思いながら。そこへ兄がパートナーをつれて結婚式の報告にやってくる。彼女はふたりに魅了され、「わたしにとってのわたしたち」という考えにとりつかれるようになる。そうしてフランキーは街にくり出し、そのアイディアについて、自分が何かのメンバーになるということについて、見知らぬ人たちにしゃべって回りはじめるのだ。

本当に切実な思いの訪れを伝えようとするとき、自分の家の台所にいる人たちを相手にするよりは、まったくの他人を相手にした方が遥かに楽なのだなと、ベレニスのことを思い出しながら彼女は思った。

そのうちにフランキーは気づく。まったく知らない人たちなのに、視線を交わすだけで生まれる不思議な「コネクション」があることに。自分の話を聞いてもらったとき、それだけで相手のことを「心から好きになれる」ということに。そして、ほんとうの自分を知ってほしいという欲求が、それそのままで受け入れられるという奇跡がこの世にちゃんとあることに。

たぶんフランキーがほんとうに求めていたのは、「世界中のすべての人」のメンバーになることだった。そしてその願いがついえたとき、彼女はひとつ大人に近づく。わたしはフランキーよりもよっぽど大人で、それでもいますぐ彼女たちに聞いてほしかった。

準備のときからずっと緊張していたこと、そのあいだじゅう自分の資格を疑ってばかりいたこと、それでもどうにかいい時間をつくることができたと思えたことを。そのあとトルソーが割れたこと、でもそれがほんとうの問題じゃないこと、小さい頃からずっと緊張しながら生きてきて、わたしがわたしであることが嫌で仕方がなくて、それでも少しずつ何かが変わりはじめているということを。あのね、いまでもジンをつくっているときには、うれしくてたまらなくて泣きたい気持ちになるよ、わたしはもうすぐ三十九歳、そしてほんとうはもっと、人と一緒にいたいと思っている——。

わたしは彼女たちのメンバーになりたかった。これまでのことをぜんぶ話して、「そんなのあるあるだよ！」とひとつひとつ笑い飛ばしてほしかった。「やっちゃったって思うよね、逃げたくなったりさ、ちっちゃなことでもはずかしくてさ、大人なのに馬鹿みたいにわんわん泣きたくなるわけだよね、わかるよ」と彼女たちは口々に言う。
「でもさ、しょうがないよ、失敗してもさ、めちゃくちゃはずかしくてもさ、生きてるとそういうことがあるんだよ、わたしだってしょっちゅうだよ。でもみんながみんな、それを言葉にできるわけじゃない。忙しかったり、相手がいなかったり、いろいろさ。それでもきっとみんなそうなんだよ、生きてるとさ、失敗しちゃうものなんだよ」。
そして彼女たちは教えてくれる、お詫びに送ったらいいおいしいお茶の銘柄を、伝えるべき真摯な謝罪を、ちゃんと時間を進めるために、いまのわたしができるすべてのことを。
「それにさ、大人になるってのも、たぶんそんなに悪いもんじゃないよ――」。

そのとき、背後から叫び声が聞こえた。

「ちょっとー、おねえさん！　そのまんまゆず、落ちましたよ！」

ハッとふりかえると、すでに背後にいた彼女たちがわたしを見ながら横断歩道を指差している。その先には黄色いパッケージのお菓子が落ちている。それは無造作に買い物カゴに入れていった商品のなかで、唯一わたしが大好きでリピートしているものだった。そのまんまゆず。

わたしは一瞬ためらい、それからあわてて歩道に戻り、信号が赤になる前にそれを拾い上げた。彼女たちはその様子を見てうんうんとうなずき、それからまたぎゅっとくっついて駅に向かって歩きはじめた。わたしは三人に手を振ると、ふたたび家路を急いだ。目に涙をいっぱいにためながら。

アフター・トーク 04

「そのまんまゆず」を道路に落として、またそれを拾い上げるまでのたった数十秒が、ほとんど永遠みたいに引き延ばされて長い魂の旅になりました。もし心に特筆すべき機能があるなら、それはほとんどタイムマシンである……過去へ未来へとあてどなく駆けまわり、目的地があるわけでもないから迷子になることすらできない。

そんなとき、腕をぎゅうぎゅうに組みながら一緒に歩いてくれる仲間がいたらと思う。いずればらばらに離れても、両側からぎゅっと挟んで心をいまにつなぎとめてくれるような、おしくらまんじゅう。


数年前、祐天寺の狭い歩道を歩いていると、前方に四人、そのようにくっつきながら歩いている若いサラリーマングループがいた。道をふさいでしかたないので、「セックス・アンド・ザ・シティかよ!」と一緒にいた友人が小声でつっこんでいた。そのときわたしも笑ったけれど、「SATC」は一話の途中までしか見たことがなかった。

これまで見られない、見たくない、という言い訳をグラフィカルなセックス・シーンのせいにしてきたけれど、実際にはそこで描かれている友情がまぶしくてつらかったのだ。

それを今年、あっという間に完走してしまった。連載が始まる少し前から続編の「AND JUST LIKE THAT」シーズン1を見はじめ、なんとなく映画版に手を出し、そのうちにやっぱり本編が気になってシーズン1～6まで一気にビンジした。

見ようかな、と思えたのはPodcastの「OVER THE SUN」の影響もあったけど、きっとわたしの心のなかにも「わたしにとってのキャリーたち」がいるんだと、ここ数年のうちに気づけるようになったからだと思う。フィクションの世界でも現実の生活でも、それぞれのやりかたでぎゅっと心をつなぎとめてくれる人たちがいる。

連載最終回の直前、ちょうど「AJLT」のシーズン2フィナーレを見終わった。だからこの本は、これまで出会った「キャリーたち」にめちゃくちゃ励まされながら書いた、と言ってもいいと思う。

写真はまんま、「そのまんまゆず」。時期によってはなかなか手に入らないことがあり、たまたま目薬を買うために入った日比谷のドラッグストアで見つけてヤッターと買ったときのもの。それは夜道で発光する。

05
心の底

どこまでいったら、「ちゃんとわかってもらえた」になるのか、自分でそのラインを引くことってできるのかな？　たとえば心に目盛りみたいなものがついていたとする。話して、話して、ぜんぶ話して、それを丸ごと受け止めてもらえたと思ったら、目盛りまでちゃんといっぱいになるんだろうか。

あとはもう、このことについて口にすることはない、その必要もない、だってすべてを伝えられたんだから、あなたに聞いてもらえたんだから。昔話みたいに、「はなしは、おしまい」と本を閉じ、満たされた気持ちで毛布にもぐる。そんなふうに、心が機能することってあるのかな？

＊

ソフィ・カルの有名な展示作品『限局性激痛』は、失恋という、きわめて個人的な痛みの経験がモチーフになっている。恋を失うまでのカウントダウンを日記や写真で構成した第一部と、刺繍で縫い込まれたテキストがずらりと並ぶ第二部があって、その第二部がとにかく圧巻だった。失恋の激しい痛みと向き合うために、カルは自分にルールを課す。それは一日にひとりずつ他人に自分の話を聞いてもらい、代わりに相手の「人生最悪の体験」について語ってもらうというもの。なぜなら、「一番つらいのは自分の苦しみを人に語れないこと」だから。

カルの語りは濃いグレイの布に白い糸、相手の語りは白い布に黒い糸で精緻に刺繍され、それらが交互に並んでいる。三か月にも及ぶ対話のテキストはそれだけで胸に迫るけれど、展示を見て十年経ったいまも、新鮮な感激とともに思い出すことがある。それはプロジェクトが終了に近づくにつれ、カルのテキストがどんどん短く、また内容も淡白になっていくこと、さらには使われている糸の色が徐々に濃く変化し、最後には布と同化してほとんど見えなくなってしまうということだった。

失恋という、世間ではありふれているけれど、個人にとってはあまりに鮮やかで鋭い痛み。それを他者にくり返し語り、世間にふたたび還元することで、カルはそれを遠景として眺められるほどに癒されていく。「まあ、それだけのこと」と言えるくらいまで。記憶の風化のプロセスがこのように可視化されたことで、こちらの傷まで洗われたようだった。

でも、痛みは実際に消えたわけじゃない。作品に近づいてみれば、一針一針縫い込まれた記憶はたしかにそこに残っている。手で触れることができたなら、そのでこぼこはリアルだろう。だからこれは、単純な癒しの記録というよりも、むしろ「痛みの置き場」みたいなものを扱った作品なのかもしれない。同じ痛みでも、たったひとりで、もしくは身内だけで「限局的」に受け止めるのと、複数の他者たちと一緒にそうするのでは、きっと見えかたも感じかたも異なるはずだから。たとえそれが陳腐で、ありふれた痛みでも。

失恋ではないけれど、わたしにも思わず何度も語りたくなるような痛みの経験がある。

＊

先日、めずらしく母と買い物に出かけた。時おり利用していたオーガニックスーパーが閉店のために全商品二十パーセントオフになるらしく、車で買い出しに行こうと誘ってくれたのだ。助手席のドアを開け、ハンドルを握る母の隣にさっとからだをすべり込ませる。車ならわたしもなんとか運転できるけど、都心では母に任せたほうが安心だった（東京育ちで道も詳しく、何しろドライバー歴はもう五十年だ）。

オンが生まれてからは後部座席に陣取ることが多かったから、助手席に座るのはひさしぶりだ。ポニーテールがヘッドレストに当たるのがわずらわしくて、座席を少し倒してからシートベルトを引っ張る。車が走り出したとたん、自分が子どもに戻ったのがわかった。マンション前の急坂をそろそろ下る車のなかで、わたしは堰《せき》を切ったようにしゃべりはじめた。わたしの「十八番」、学童期の苦しい思い出について。

きっかけはオンの進学の話題だったかもしれない（オンの存在をバッファにしがちである）。来年、オンは小学生になる。それにともなう引っ越しや資金繰りやスケジュールなんかのことで、わたしはいまから神経質になっていた。

不確定の未来のことで不安をつのらせるのは幼いころから変わらない。でも、年を重ねるごとにそこに過去の記憶まで加算されて、わたしの心はさらに厄介になっていた。それがここで爆発した。そもそも母と買い物に行くことが決まった時点で、こうなることは予測できたんだけれど。

学校に行きたくない理由なら、もう、ほんとうにいくらでもあった。ひとりっ子で神経過敏なわたしにとって、集団生活はそれだけで緊張でがちがちになるし、縁もゆかりもなく移住してきた我が家は、半島の先端にある小さな港町ではいつもなんとなくよそ者だった。父は始発で都心まで通勤して毎晩遅くまでいないし、母は自宅で教室をひらいて少しずつ居場所を開拓していた。でも子どもにとっては学校が全世界、そしてその世界は毎日がカオスだった。低学年からはじまった学級崩壊に授業妨害、それに先生たちはヒステリックな怒号や脅し文句で対応した。

わたしは「おどうぐばこ」の蓋がうまく開けられないだけでびくびくし、忘れ物を気にして毎晩ランドセルを何度も開け閉めした。仲間に入れてもらえない交換日記に悪口が書かれていないか知りたくて、クラスの女子たちの机のなかを探りたい誘惑とたたかう日々もあった。先生の怒りに触れると体育がすべて筋トレになり、おしゃべりをやめない生徒の机は廊下に放り投げられる。

わたしは学校で、とにかく勉強がしたかった。わたしが誰なのか知りたくて、世界はどんな場所なのか、大人たちに教えてほしかった。だからいつも思っていたのだ、五分休みも二十分休みも昼休みも、ぜんぶなくなっちゃえばいいのにと。でも実際には、先生の声はボス格の生徒たちにかき消されてほとんど聞こえなかったし、休み時間はひとりになれる場所を求めてトイレで過ごすことが多かった。

こんなふうに毎日緊張や疲弊が続くと、道徳心にも翳《かげ》りがでるんだろうか？　学年が上がるにつれ、わたしは嘘つきになり、心を許した同級生に支配的なふるまいをしてしまうこともあった。そんななかで自分のことを好きになるのはむずかしい。

「わたしはなんて嫌なやつなんだろう！　世界はなんて嫌な場所なんだろう！」

そんな気分で子ども時代を過ごしてきてしまったことが、大人になったわたしにはあまりにも情けなくてくやしくて、オンの進学を考えるたびに母や松樹に何度もぶちまけてしまう。「どうしてあのとき助けてくれなかったの」とか、「なんであなたはフツーに学校に通えたわけ」とか、質問なのか追求なのかよくわからないことを延々と。

「それで、いったいどうしてほしいの?」

なんとか口をつぐんだあと、たいていはこんな答えが帰ってくる。今回ももれなくそうだった。母はパーキングブレーキを踏み、車のエンジンを切った。いつの間にか目的地の駐車場に着いていた。

「その話は何度も聞いたから、わかってるつもりだよ。ごめんねって思ってる。学校に行きたくなかったのに、無理やり行かせて悪かったって。そのせいで、あなたが自分を守りきれなかったって思っているのも、わかってる。でも当時は『不登校』って言葉も知らなかったし、私学もあなたの体力じゃ遠すぎたからね、どうしていいかわからなかったのよ」。

母の言うことは理解できる、前回話したときもそうだった。

「過去のつらさはわかるけど、前を向くしかないじゃない?」

梅雨のあいまの快晴の日で、エアコンが切れた車内の温度はどんどん上がりはじめていた。「どん底に落ちたら、あとは這い上がるしかない」という言葉が頭に浮かぶ。でもわたしが落ちたのは「アリスのうさぎ穴」で、それはまるで底なしだ。すごいスピードで落下しているのに、あまりに深いから時間のなかに宙吊りになったよう。自分がどこに向かっているのか知りたくても、あたりは暗くて何も見えない。

そのうちに、アリスは壁に戸棚があることに気づき、瓶やら何やらを手にとってみる。宙吊りの時間、わたしもアリスみたいにあちこちに手を伸ばす。記憶の引き出しをいくつも探り、余計なことをぶちまける――。

「うん、でも」、と言いかけて声がかすれる。汗がじわじわにじみ出すのを感じながら、わたしは言葉を続ける。

「でも、わかってほしいんだよ、こんなことがあった、あんなことがあった、そのたびにあたらしくわかってほしいの、つらかったね、かわいそうだったねって、わたしが話すたびにさ、」

何度も、何度も――と喉の奥でつぶやきながら、シートベルトを外して車のドアを開ける。汗でワンピースが全身にまとわりついてくる。広い駐車場を横切りながら、でも、わたしにほんとうに必要なのは、母の言葉ではないことがわかっていた。毎回こんなことをくり返していては、周囲を疲弊させるだけだということも。

だからわたしは知りたかった、心に底があるのかどうだか。

＊

二月、twilight主催のイベントに参加した。レベッカ・ブラウンの絵本『ゼペット』の出版と、絵を担当したカナイフユキさんの原画展に合わせてお話し会が開催されたのだ。わたしはレベッカ・ブラウンの愛読者で、カナイさんがつくるジンの大ファンでもあったから、共同ホストとして呼んでもらった。イベントのタイトルは「シナモンロール・ホームパーティー」。レベッカ・ブラウンの短編集『体の贈り物』に重要なモチーフとして登場するそのペイストリーを、みんなで食べながら打ち明け話をする、という趣旨だった。

『体の贈り物』には、ホームケア・ワーカーである「わたし」と、ケアを受け入れる側であるエイズ患者たちとの複数の交流が描かれている。「わたし」は患者たちの自宅《ホーム》を訪れ、掃除や調理、入浴介助などの身の回りの世話をする。でもその期間はいつも限られている。たいていの患者は、病状の悪化に伴い、家を出て入院することになるからだ。

「自分の中にある語られなかった言葉、存在を、そっと打ち明けることで、孤独ではないと感じられる『ホーム』が生まれたら」と、イベント紹介ページに店主の熊谷さんは書いていた。

わたしはこれまで、レベッカ・ブラウンの短編作品では、どちらかというと『私たちがやったこと』のほうが好きだった。ずっとふたりきりでいられるように、相手の目をつぶし、自分の耳のなかを焼いた画家と音楽家カップルの顚末が描かれる表題作のほか、恋人同士、新婚夫婦、女性興行主とカウガールなど、距離の近さと危うさを扱った、一人称の「わたしとあなた」の物語にずっと夢中になってきた。そこでは「悲しいね」（「私たちがやったこと」）と「優しいね」（「アニー」）が同等の言葉として響くから、わたしはいつも泣いてしまう。

他の誰の介入も許さない、「わたしたち」という真空宇宙のなかでは、時間にも空間にも制限がない。愛をつむごうとも憎しみをぶつけあおうとも、どこまでいってもふたりきり、それはまるで底なしの世界。そして底がないにもかかわらず、その世界はいつだって行き止まりなのだ。

お店のカフェスペースに椅子を円形に並べ、参加者たちとぐるりと顔を見合わせる。まだ春は遠い寒い夜、注文した熱いコーヒーはあっという間に冷めてしまった。背後の壁には、カナイさんの描いた『ゼペット』のやさしく悲しい絵がいくつも浮かんでいる。言わずと知れた童話『ピノッキオの冒険』に出てくる老人、ゼペット。

しかしレベッカ・ブラウンの物語では、人形は人間として生きることを拒み続ける。この世界がどんなにうつくしいか、生きることがどんなにすばらしいか、ゼペットが何度語り聞かせても、人形は棚の上に座ったまま動かない。こうしてゼペットは息子を、「たったひとり」として自分を愛してくれる存在を求め続けながら、人生の終わりを迎えるのだった。

原画のひとつに、死の床につくゼペットの世話をするために、ベッドの周りに集まってきた村の女性たちを描いたものがある。わたしはその絵から目が離せなかった。血のつながりがあるわけでもなく、取り立てて仲が良かったわけでもなさそうな、たまたま同じ村で暮らしていた老女たちは、死にゆくゼペットの汗を拭き、手を握り、やさしい慰めの言葉をささやきかける。ゼペットの長い孤独の人生の最後に訪れた、他者とのごく短い交流の時間。そのイメージに惹かれながら、わたしは全員が集まるのを待っていた。

シナモンロールが提供されるまでの時間、みんなで自己紹介をすることになり、わたしはこんなことを提案した。

「今日一日、ここに来るまでにうつくしいな、と感じたことをひとつ教えてもらえますか?」

これはシュタイナーの教員養成で、その日の講座がはじまる前に毎回行っていたことだったけれど、いま考えてみれば、人形に語りかけるゼペットの描写にも影響を受けていたのかもしれない。

わたしがはじめに口をひらいた。わたしがその日うつくしいと思ったのは、自転車に乗る人たちの姿だ。三軒茶屋の駅から地上に出て、茶沢通りに向かおうと横断歩道を渡っているとき、自転車がさーっと通り過ぎた。自分が乗れないということもあるのだろう、自転車と一体となってまるで動物のようなスピードで進む姿がとてもうつくしく、特別なものに感じられたのだ。

ほかには、前を歩いていたおじさんのリュックに花束がささっていたこと、夕暮れの光をまぶしく見つめたこと、枯れてしなびたチューリップのことなど、それぞれが見つけたうつくしさの話を聞いた。カナイさんは映画『エゴイスト』の舞台挨拶を見にいった帰りで、舞台上の役者たちの佇まいや言葉選びにうつくしさを感じたと言っていた。

本題に入る前のアイスブレイクみたいな時間だったけれど、すでにどこか打ち明け話みたいでもあった。同じ一日を生きてきて、でも誰もがちがう「うつくしさ」を秘めてここにいる。そうした他者の心の見えなさに、毎回驚き胸を打たれて、別れたあとにはきっとすぐに忘れてしまう。

でも、リュックに刺さっていた花の色も光のまぶしさも役者たちの表情も、わたしたちはそこに座って耳を傾けながら、たぶん一緒に見ていたのだ。完璧に同じ景色ではないかもしれない、だけどそこには相手の心に近づこうとする衝動がたしかにはたらいていて、わたしはそれを尊いと思った。

焼きたてのシナモンロールが階下のNicolasから届き、みんなで歓声をあげた。甘くやわらかい独特の香りが漂ってくる。シナモンにはからだを温め、痛みを和らげる効果があるほか、その香りには人の孤独を癒す力があることは、事前にネットで調べて知っていた。あたたかくスパイシーな香りは〈homely〉な慰めを与えてくれるのだと。「家庭的な」と訳すこともできるこの言葉は、本来、壁に囲まれたひとつの家のなかで共に暮らすという、物理的な距離の近さを意味しているのかもしれない。からだを寄せ合うと、たしかにそこには熱が生まれるから。

でも、わたしたちは物質的な存在としてだけで、ここに生きているわけじゃない。ちがう場所からやってきて、ちがう場所に帰るのだとしても、ひととき心を近づけることで、熱を交換することはできるはず。たとえそれが一瞬でも、もう二度と会わなくても。わたしはもう、「ホーム」を閉じられた底なし沼にしたくはなかった。

＊

シュタイナー教育では、学童期の子どもたち、つまりは七歳から十四歳ごろの子どもたちには、「世界はうつくしい場所だよ」と伝えることが何より大切なことだとされている。それは教員を含め、先にここで生きてきた大人たちの仕事でもあるのだと。

あのころ「嫌な場所」でしかなかった世界を、それでもうつくしいと思えるか。たとえば語学でも自転車でも、ある時期にやっていたら楽だったかもしれないことに、大人になってから取り組むのは骨が折れる。

それでも、こうして人の「うつくしい話」を聞き続け、自分でも言葉にしようとするうちに、わたしの内側で何かが変わりはじめていた。カル作品の糸の色みたいに、気づかないほど、ごく控えめにではあるけれど。

たった一分ほどのあいだに、それも簡潔に語られる、今日一日だけの小さな思い出。ともすればすぐに忘れてしまえるような、この先どこかで話すことすらなさそうな、ごくささやかな感情の動き。でもその一分間の言葉のなかには、これまでその人が生きてきた人生が、丸ごとひとつぶん入っている。「うつくしい」という感情を、その気づきをもたらすのは、当たり前だけど、うつくしい感情だけじゃない。悲しみや喜びや怒りや絶望、それに「人生最悪の体験」なんかもぜんぶ絡まりあって、ひとりの人間の心をつくっている、その心が、感じている。

底にたどりついたのかはまだわからない、そもそも底があるのかすらも。でも上を見てみれば、わずかに光が差し込んでいる。

会場では、焼きたてのシナモンロールにみんなが手を伸ばしていた。もぐもぐと口いっぱいに頬張り、しばらく無言の時間が流れていく。わたしはカップに残っていたコーヒーを飲み干すと、まだ温かいロールに勢いよくかぶりついた。

アフター・トーク 05

ゼルダ・フィッツジェラルドは晩年、なんとか仕上げようともがいていた自伝小説の断片として、こんな言葉を残している。本編に入れようと思ったけれど、うまく収まらなかったのでここで紹介させてほしい。

“Nobody has ever measured, even the poets, how much a heart can hold...”

満たされない心、底なしの心。もし心が測れないものであるならば、ゼルダの言うように詩人の言葉をもってしても語り得ないものなのならば、わたしたちに必要なものはなんだろう？　そんな問いに導かれるように書いたエッセイだった。

もうひとつ、原稿を書きながら頭に響いていた言葉がある。

「うつくしいものの話をしよう。いつからだろう。ふと気がつくと、うつくしいということばを、ためらわず口にすることを、誰もしなくなった。そうしてわたしたちの会話は貧しくなった。」

言わずと知れた長田弘さんの詩だ。いつもうるおぼえで、「〜はうつくしいと」のくり返しの部分ばかり印象に残っていたけれど、この冒頭の言葉がいま、やけに気にかかる。

教員養成講座が終わったあとも、同期の受講仲間とはいまでもLINEグループでつながっている。近況を投げ合うことがほとんどだけど、時おり、人生相談のようなものがくり広げられることもある。職場での悩みや、学びのなかでのつまずき、それから幼少期の傷つきなんかについて（わたしもだ）。

「うつくしいこと」について言葉を交わし合ったことがある相手とは、なんとなく、こうした小さな傷も分かち合えるような気がしている。あのときの一分間と同じような気軽さで、返信がスタンプだけだったとしても。それでも、こうしたコミュニティが、ためらいを超えて言葉を交わし合える場所があることで、心にぽつんぽつんと、少しずつ何かが溜まっていく感覚がある。世界への信頼とか、人といることのあたたかさとか。

写真は、「シナモンロール・ホームパーティー」が終わったあとのtwililight。シナモンの香りをかげば、この空っぽの椅子に座っていたひとりひとりのことをいまでも思い出せるような気がするよ。

06
ビー・ヒア・ナウ

「いてほしいときにいてほしいの！　抱っこしてほしいときに抱っこしてほしいの！」

やっとのことでベッドから這い出し、まだ寝ぼけまなこの平日の朝。松樹とオンは、わたしが昨晩冷蔵庫に用意しておいた朝食をあたため、すでに食べ終えている。あと少し、あと靴さえ履いてくれれば、松樹にすべてを託してオンを送り出すことができる――というところで、オンはすかさず地団駄を踏む。

きっかけはたとえば、松樹が積み木のお城につまずいて倒したことだったり、今週の予定を松樹と早口で確認し合っているのが気に食わなかったり、もしくはわたしが冷蔵庫のかげに隠れて最後のプラムをかじっているのがばれたんだったり。とにかくありとあらゆることで大きく揺れるのだ、子どもの心は。

「なんでオンにはお話ししないの⁉（ドン）きっちゃんとパパは夜いつもおしゃべりしてるんだから、朝はちょっともおしゃべりしないで‼（ドンドン）オンだけとおしゃべりしてよ！！！（ドンドンドン）」

子どものうちは心と体が未分化で、だから怒りや悲しみはすぐに行為としてあらわれる。地団駄はそのわかりやすい例だ。「じ・だ・ん・だ」というその濁音だらけの音にふさわしく、オンのそれは力強く鮮やかで、足を踏み鳴らすたびにびっくりマークをぐさぐさ地面に刺しまくっているよう。それがなんだかおかしくて、うっかり、ふふ、と笑ったが最後、「馬鹿にされた！」とよけいに泣くので、こちらの笑顔もすぐ蒸発する。

手がつけられない、オレンジ色に燃える石炭みたいな子どもは、抱きしめようとしてもあつあつでさわれない。なんとかなだめようとして威嚇され、手を伸ばしても振りはらわれる。ああ、こちらの心にも火がついてしまいそう！　そんなときはしばらくそこから離れるのがいちばんで、だから洗濯機を回したり、たまった食器を洗ったり、何かをしながら気を紛らわせつつ目の端、意識の先っぽでこっそり様子をうかがっている。そんなときにオンは言うのだ、

「いてほしいときにいてほしいの！　抱っこしてほしいときに抱っこしてほしいの！」

その通りだな、と思う。いてほしいときにいてほしい、そうだよね。なんだか某コピーライターが昭和の時代に考えた、デパート用のキャッチコピーみたいではあるけれど。でも子どもは「トートトロジー（同語反復）」のおもしろさなんて意図していないし、もちろん揶揄や皮肉の気配もない、だからそれはその願いのままひたすらまっすぐこちらに飛んできて、くすぶるわたしの胸に突き刺さる。

たとえば泣いているとき、怒っているとき、全身で周囲を蹴散らしながらそれでもいつでも待っている、背中をなでる大きな手を、心が静まる魔法の言葉を、なりふりかまわぬ抱擁を。そうしたごくささやかなもの、たとえばそれを愛とか思いやりとか呼ぶのは大袈裟に思えるくらい、ささいで気軽な他者からのアクション、アテンションが、一生ぶんの価値を持つことがある。でもそれはいつだっていま、いまこの瞬間に与えられるからで、時機を逃したらぜんぜん役に立たなかったりする。

わたしたちはたぶん、そういうものを小さい頃から求め続けて、でもたいていは手に入らない。そうして心に穴があく、いくつも、いくつも、それで底なしの心ができあがる。だからあのときの一瞬、たった一瞬が、大人になって数年分のカウンセリングに相当するなんてことになったりするのだ。

むかし、セドナのニューエイジ・ショップで買ったラム・ダスの本の表紙には、目がチカチカするような幾何学模様とともにこんな言葉が書かれていた：〈BE HERE NOW〉、つまり「いま、ここに、いる」。わたしはこの言葉を、これまでずっとセルフ・ヘルプのための呪文として使っていた。過去の後悔、未来への不安、そうしたことを一切忘れていまこの瞬間の自分の心と向き合うために。さあ、呼吸だけに集中して、吸って、吐いて、吸って、そうすればあなたは宇宙とつながることができる——。

でも、わたしがつながりたいのは宇宙だけじゃない、それは目の前のあなた、いまこの地上に一緒に足をつけ、そう、足をどしどし踏み鳴らしながらわたしに何かを訴えているあなたで、だからこの言葉は、本来わたしじゃなくてあなたのために使うものだったのかもしれない。そしてあなたが、わたしのために。

いてほしいときにいてあげる、いてほしいときにいてもらう。心の底、心のリミット、その満たされない空白を、これまでずっと深さや近さで測ろうとしてきたけれど。でもわたしたちに必要だったのは、物差しでもメジャーでもなく、ストップウォッチだったのだ。そのあいまいな実存を、ぼやけたハート型の輪郭を、たしかなものにしたいなら、心はふたつぶん必要なのだ、いま、ここに、共に。

だから、さあ、いますぐボタンを押して——わたしはスポンジを握って泡だらけの右手をキッチンタオルでそのままぬぐい、リビングに駆け込み、あなたをぎゅうぎゅうに抱きしめる、一瞬を一生ぶんにするために——それができるときと、できないときと。いや、ぜんぜんできないときと。

*

臨床心理学者の東畑開人さんは、臨床現場で活躍するのみならず、その豊かでユニークな経験をもとにいくつも著作を発表している。そのうちのひとつ、『居るのはつらいよ』は、沖縄の「居場所型デイケア」施設に勤務していた日々を描いた回想録だ。施設に新任してきた東畑さんは、「人の話を聞く」という自分のプロフェッションの手前で、何もせずに「ただそこに人といる」ことを求められ、そのむずしさを痛感することになる。タイトルの通り、「いる」のは「する」よりもつらいのだ。

「居場所型デイケア」とは、学校や職場、家庭など、社会のなかに「いる」ことにむずしさを抱えている人が、「いる」ことができるようになるために「いる」場所なのだと東畑さんは言う。そしてそこは、そうした一見不毛に思える「トートロジー」が可能になる、「ケア」に価値が置かれた空間でもあった。

僕らは誰かにずっぽり頼っているとき、依存しているときには、「本当の自己」でいられて、それができなくなると「偽りの自己」をつくり出す。だから「いる」がつらくなると、「する」を始める。

逆に言うならば、「いる」ためには、その場に慣れ、そこにいる人たちに安心して、身を委ねられないといけない。

いることのむずかしさ、それも他者に求められた瞬間に、ただそこにいることの。でもその問題は、たとえば手が泡だらけだからとか、洗濯機がピーピー音を立てているからとかではない。オンのそうした直球の訴えを耳にするたびに、わたしは自分の心のまだ癒えていない部分がうずくのを感じていた。

「いてほしいときにいてほしいの！」それはずっと、わたしが身近なだれかに求め続けてきたことだった。あのときの声にならない叫びがいまさら頭のなかでエコーして、体がぜんぜん動かない、自分の声しか聞こえない。相手の欲求の手前には、いつでも自分の欲求がどーんと立ちはだかっていて、それをよじ登った先にあるリビングはあまりに遠く、遠く、わたしはいつもタイミングを逃してしまう。そして求められていないときだけ、壁は簡単に崩れ落ちるのだ。

遅れてやってきた抱擁のうざったさや、出し抜けの愛情表現の白々しさなら、よくわかっていると思っていた。それでもわたしは衝動のままにオンにべたべたひっついてしまう。いつでも遠いし近すぎる、いつでも遅いし早すぎる。

たとえばこんなふうに時間や空間における距離感を欠いた心の状態が、境界性パーソナリティ障害と呼ばれるんだろうか。少なくともわたしはそのように診断された。子どものころからその兆候はあったし、留学中にはずっとカウンセリングを受けていた（留学保険が適用されたおかげだ）。でもわたしにとって、いまではそれは持病の喘息とあまり変わらない。健やかで穏やかな生活さえ送っていれば、ほとんど顕在化することはない。とくに松樹と暮らしはじめ、人生からドラマティックな状況が退却するようになってからは、心がひどく乱れることは減っていた。

もちろん日々、感情はわかりやすくアップダウンする。そうした傾向はある。でも、このローラーコースターにも毎日乗っていればさすがに慣れてしまうもの。わたしはもう長いこと、自分の心の地図を描いてはそれをたどり続け、その入り組んだ構造を理解しようとしてきたのだ。ルートはほとんど把握しているし、傾斜がはげしくなるポイントもわかる。ウキウキ楽しめるわけじゃないけれど（本物のローラーコースターも乗れないし）、気を失うほどこわくはない。だからこれといった治療もせずに、専門書を読み込んだり文章を書いたりすることによって、心の安定を保っていたのだ、けれど、それもオンの登場であらたな局面を迎えることになる。

ある夏の夕方、オンとふたりで早い夕食を食べながら、ふと窓の外に目をやった。太陽はようやくビルの上に落ちかかり、それでもいまだに白くまぶしい光を放っている。「あかるすぎる！」というのがその理由だったんだろうか、わたしは突如としてそこにいることに耐えられなくなった。わたしはとっくに食事を終えていて、オンのお皿にはおかずと混ぜてぐちゃぐちゃになったご飯と、お椀には冷えて動きを失った味噌汁がたっぷり残っていた。自分の食器を片付け、カーテンを閉める。けれど気分は変わらず、そのまま寝室に向かいふとんをかぶってまったく動けなくなった。ドアの隙間から、オンがわたしを呼ぶ声が聞こえてくる。わたしは耳をふさぐ。

これまでずっと、ポップにうっすら感じ続けていた「消えてしまいたいなあ」という感覚が、くっきりとした輪郭を浮かび上がらせてきた頃、秋が訪れ、冬が過ぎ、春が巡ってきてもそのままで、さすがにこれはまずいかも、と思いはじめたあたりでパンデミックになった。未知のウイルスにおびえ、ただでさえストレスフルな自粛期間、東京の狭い部屋で二十四時間三人で過ごさなくてはいけないことに、わたしの心は耐えきれなかった。

あの時期、わたしたちは同じ時間に同じ場所で「ＢＥ－存在」していたわけだけれど、ほんとうの意味で一緒に「いる」ことはできなかった。自分のためにも、誰のためにも「ビー・ヒア・ナウ」ができなくなった心は行き場を失い、疾走し続けるローラーコースターに松樹もオンも同乗させてしまった、あのパンデミックの日々を、それでもなんとか生き延びた。もちろんみんなへとへとで。

*

苦労してつくった地図をあっさり失い、迷子になったわたしは久しぶりに心療内科を訪れた。それでも早々に離脱してしまったのは、アクリル板を挟んでマスク越しに行われる短い診療時間のせいなのか、課題として与えられたプリントに傲慢にも「こんなのもう知ってる」と落胆を感じたせいなのか（弁証法的行動療法というのをやっていた）。『居るのはつらいよ』のなかで、東畑さんはクライエントと一対一で行う「セラピー」と、集団で共に過ごす施設における「ケア」のちがいを次のように説明していた。

セラピーが非日常的な時空間をしつらえて、心の深層に取り組むものだとするならば、ケアは日常のなかでさまざまな困りごとに対処していく。深層を掘り下げるというよりは、表層を整えるといっていいかもしれない。

これを読んでハッとした。これまでわたしは専門書を読みあさったり、日記を書いたり、カウンセリングを受けたりと、ほぼひとりで自分の心の底ばかり掘りまくってきた。でも、本来必要だったのは、ただ人といる、そのことに慣れる、受け入れるという、心の表層部分と向き合うことだったのかもしれない。

それでわたしは、横浜シュタイナー学園の教員養成講座に通うことにした。とくべつ突飛なアイディアではなかったと思う。わたしは自分の日常に「人といる」時間を増やす必要があったし、学校生活でついた傷は、学校で癒さなくてはならないといつもどこかで感じていた。それに学校の先生は、まさに人と毎日共にいる場をつくるエキスパートだったりするのだ（それは通いはじめてから気づいたこと）。

国語、算数、社会といった一般的な科目から、手仕事、にじみ絵、フォルメン、オイリュトミーなどの独自のカリキュラムまで。まるで子どもに戻ったようにわたしは何もかも新鮮に授業を体験した。それは細胞のすみずみまで水が行き渡るような感覚で、わたしは自分がどんどん元気になっていくのを感じていた。

朝から晩まで、それも毎ブロック三〜五日間連続（二年間で全八ブロック）で人と共に過ごすという、わたしにとってはハードすぎるスケジュールでも、自分都合で欠席することなく続けられているのは、どの授業も、頭だけじゃなく、心も体も、自分を丸ごとぜんぶ使えるようなカリキュラムだからだと思う。わたしたちは心を弾ませて歌い、手をつないで踊り、言葉を交わして議論して、「全身全霊」でそこにいた。すると不思議と変な疲れかたはしないのだ。

受講前に日程表が配られた際、音楽の授業だけがすべてのブロックに組み込まれていることが不思議だった。シュタイナー学校の生徒たちは、バイオリンやチェロなど楽器を弾ける子が多いと聞いていたから、音楽の授業ではさぞかしたくさんの楽器に触れられるのだろうと思っていた。でもその予想は外れ、少なくとも初期のブロックではまったく楽器に触れず、講座ではその後も演奏目的での楽器はほとんど使われることがなかった。

その代わりにわたしたちがしたことは、たとえば薄い大きなシルクの布の端をペアで持ち、ふわりと膨らませてからゆっくり床に降ろすこと。先生が吹く笛の音が聞こえているあいだ、静かに教室内を歩き回り、また空飛ぶ鳥のように列をなして駆け回ること。音が止んだときにそばにいる人となんとなくペアを組み、隣り合ってしばらく歩く、なんてこともあった。

なかでも印象に残っているのは、毛糸で編んだボールを使った遊びのような時間だ。輪になって座り、ひとりずつ目の前にいる人にボールを転がしていくというごく単純なゲーム。ニットボールは完全な球ではないので、まっすぐに転がらないこともある。だから受け取る人は腕を遠くに伸ばして拾いにいこうとするなど、そのたびに和やかな笑いが起きていた。それから音楽の先生が言った。

「じゃあ今度は先ほどと同じ相手に、目をつぶったまま転がしてみましょうか。受け取る人も目を閉じて。でも心配しないで、ボールは必ず届きますから」

「必ず」という言葉が強調された気がして、わたしは少しどきっとした。単なる遊びだったはずが、とたんに緊張を感じてしまう。もう大人なのに、ただのゲームなのに、それでもわたしは失敗するのが恥ずかしいんだと気づいて、自分にがっかりしてしまう。フルーツバスケットやハンカチ落とし、円をつくって行われるゲームで経験した嫌な思い出が蘇《よみがえ》ってくる。

そうするうちに、わたしの番が回ってきた。向かいにいる人と一瞬視線を交わし、目を閉じる、とほぼ同時に手のなかには毛糸のボールが飛び込んできた。やわらかさとあたたかさ。いちどぎゅっとボールを両手で挟んでから、今度はこちらから送り出す。そこで待っているはずの手をただ信じて。

目を開くと、ボールはちゃんと相手の手に渡っていて、すでに次のターンがはじまっていた。そんなふうにして、あっという間に全員がボールを転がし終えた。

そう、「ボールは必ず届く」のだ。まっすぐスパッと転がせる人もいたし、手探りでボールを摑みにいく大胆な人もいた。でもほとんどの場合、そこにはまた、「見えざる手」の介入があった。ボールが転がる、軌道がずれる、すると目を開けている周囲の人たちは、思わずさっと手を出し、待ち受けている両手のなかにちゃんとボールが収まるように助けていたのだ。もちろん受け手はそのことを知らない。ただボールのやわらかさを感じるだけ。送り手も知らない。目を開けたときに自分がうまくやったと思うだけ。

これが何を意味するのか、授業のなかで説明されることはなかった。でも全員がボールを転がし終えたとき、輪のなかには満ち足りた空気が広がっていた。たぶんそれが大事なのだ。いま思い返してみると、音楽の授業ではいつも「聞く体」をつくっていた気がする。何かを「聞く」ためには、耳だけではなく全身がひらかれていなければならない。そのときわたしたちの体は、たしかに他者と共に「いる」。そして共に「いる」こととは、東畑さんが言うように「ケア」における最も基本的なスタンスなのだ。

そしてこのゲームの目的が、たとえば「声の伝達」であるのなら、ボールはあるときには「他愛ない会話」であり、また別のときには誰かへの「励ましの言葉」だったりするんだろう。もしくはなんとか絞り出された「ＳＯＳ」であったりも。だからこれはきっと「心の伝達」でもある。そのとき、ボールの送り手がケアする人になることもあれば、受け取り手がケアの役割を担うこともあって、そんなふうにケアがぐるぐる回っていく。

では、その他の人たちにはどんな役割があるんだろう？　やりとりの外側で、その様子を見守っている人たちがそこにいる意味は？

東畑さんは本のなかで、ケアする人にもケアする人が必要なのだと書いていた。共に施設で働く職員たちのことに触れながら、人をケアする「依存労働」（感情労働）に従事する人たちには、ケアを持続可能にするための支えとなる「ドゥーリア」という存在が求められているのだと。「ドゥーリア」とは産前産後の親の身の回りの世話をする「ドゥーラ」の複数形である。ケアの交換を行う人たちには、その外側で支えとなるような複数形の存在が必要なのだ。


あのとき、円のなかを行き交うボールの歪《ゆが》んだ軌道をぼんやり見つめながら、そこにとつぜん差し出される、そうせずにはいられない、いくつものささやかな手のことを、わたしはずっと覚えていたいと思った。もし、この世に天使がいるのなら、わたしにとって、それはそうした目には見えない手のはたらきなのだと、あのとき本気で思ったのだ。そしてわたしも、手を差し出したひとりであった。

そうせずにはいられない、というささやかだけどたしかな衝動。それはきっと、だれのなかにも、わたしのなかにもそなわっている。〈BE HERE NOW〉が可能になるのは、「わたし」と「あなた」のあいだだけじゃない。「いてほしいときにいてあげる、いてほしいときにいてもらう」、それが叶うとき、そこにはきっと他のだれかの気配もあって、周りには小さな円が広がっている。たとえ目には見えなくても、最後まで気づかなくても。だからそうして差し出されているはずの手を、うっかり振りはらったりしませんように。

今年もまたあかるすぎる季節がやってくる。二年間通った「学校」を、わたしはこの夏卒業する。

アフター・トーク 06

夏に実家に帰ったとき、『17歳のカルテ』の映画パンフレットが出てきた。パスポートくらいのサイズで、ウィノナ・ライダーの顔がアップになった表紙に、本物の包帯がぐるぐるに巻かれている。

「境界性パーソナリティ障害」という言葉をはじめて知ったのは、この映画を見たまさに17歳の頃。そう診断されて精神病院に入院した主人公のスザンナは、院長から次のように説明を受ける。あなたはアンビヴァレントな、つまり相反するつよい感情を持っている。つらいのはいつもそれに引き裂かれているから。

「一緒にいたい、でもいるのはつらい」。そうしたアンビヴァレントな感情は、たいてい親密な関係にある人とのあいだで湧き起こる。それをもっとも強烈かつ純粋なかたちで突きつけてくるのが、わたしにとっては育児だった。だいすきでだいじで、大切にしたい、だからこそいることがめちゃくちゃつらい。

先日オンと松樹と中華街に行ったとき、吸い込まれるように入った古い台湾料理屋さんで、ペトゥラ・クラークの「Downtown」が流れてきた。あの映画のなかで、ウィノナ・ライダーとアンジェリーナ・ジョリーが、落ち込んだ患者仲間を励ます

ために ドアの前で歌っていた曲だ。「ダ~ウンタ~ウン♪」というサビが有名で、六〇年代に大ヒットしたらしい。流れてくるなりオンが気に入って、あれからしょっちゅう一緒に歌うようになった。そして気づいたのが、歌っているときには無理なく一緒にいられるということ。無理なく、というよりむしろ楽しく。

思い返せば、教員養成でもしょっちゅうみんなで歌を歌った。たいていはペンタトニックで作られたほのぼのした童謡ばかりだったけど、大人になって、こんなふうに誰かと声を合わせて歌えること、それだけでとにかく癒される心地がした。終わってしまってさびしいのは、何よりこうして歌う時間がなくなってしまったからだと思う。あらためて、合唱のパワーを思い知る。

だから今日も、わたしはオンと一緒に「ダ~ウンタ~ウン♪」をくり返す(サビ以外むずかしくて歌えないから)。いつかあなたと会えたなら、きっと一緒に歌いましょう。

写真は、毛糸のボールと人形のナンナ。こうした手ざわりのいい、あったかいものを触ると、ちゃんと「ビー・ヒア・ナウ」できている気持ちになる。

07

完璧なパフェ

先週、締め切り間近なのになかなか原稿が進まず、ひさしぶりに深夜をまわってもパソコンの画面をにらんでいた。テキストエディットに書いたものを、ワードファイルに打ち直して、あとは少し整えるだけ、というところで力尽きてお風呂に向かう。最近は湯船で読書する気力もあんまりなくて、何も持たない自由な両手がお風呂のなかでゆらゆら揺れる。

そうするうちに、とつぜん甘いものを食べたい気持ちが湧いてきた。さっそく家のなかにあるはずのお菓子を頭のなかで羅列する。昨日スーパーで見つけて思わずカゴに入れた生八ツ橋の小さなパックと、松樹がオンのために買っていた南部小麦の素朴なクッキー。それから、ずっと前にお茶請けとしてもらった「エリーゼ」が一本、トートバッグの奥に入っていたはず。でもどれもなんかちがう、いま食べたいのはそれじゃない。

せっかくこうしてリラックスしようとしてるんだから、ここで妥協しちゃだめ、それこそもっと自分に甘く、ほんとうに食べたいものを見つけなくちゃ。食べたら確実にいやされるような、完璧な、そう、完璧な甘いもの——。

と、まじめに考えながら結局思いついたのは「パフェ」だった。あまりにベタだし、この前観たばかりの映画『窓辺にて』に完全に影響されている。「パフェって実際、ぜんぜんパーフェクトじゃないよね、だってたいてい食べきれないし」とぶつぶつ思っていた感想まで映画のセリフと一致して。

でもほんとうにそうなのだ、パフェってあんまり完璧じゃない。少なくともわたしはまだ、完璧なパフェには出会えていない。ひとくち目は最高なのに、アイスがすぐに溶けだしたり、チョコソースが甘すぎたり、底のコーンフレークがしなしなになったり、だから最後まで食べきれない。スプーンを挿しただけで崩れそうになるのもちょっとこわい。パフェを食べるときだって、わたしはいつも妥協していて、だからもうほとんど注文しないのだ。

じゃあ、もしわたしがパフェをつくるなら？　そこには何を入れるだろう。サイズも材料も何もかも、ぜんぶ自分の好きにできるなら？　甘いもの、完璧なパフェ、そもそもこの世にパーフェクトな食べものってあるのかな。わたしはそれを、食べたことはある？

たとえば「好きなものってなんですか？」と問われたとき、しばらく考えをめぐらせつつ、最後には「ケンタッキーフライドチキンです」と答えてしまう。ほんとうはブンボー・フエとかブン・チャーとか、ジュンサイとか、ちょろぎとか、他にも好きなものはたくさんあるのに、伝わらないかもと身構えて、いつからか「ケンタッキー」一辺倒で通している。それだって、最近は胸焼けして最初の三口くらいしか笑顔で食べられない。

大人になったわたしにとって、「完璧な食べもの」とはむしろメニューには載らないような脇役で、最近オンと松樹と近所の回転寿司に行くようになってそれにハタと気づいたのだった。わたしはそこへ、ガリやわさびを食べに行っている。そう、わたしにとって完璧なのは、カレーにとっての福神漬けとらっきょう、焼き魚にとっての大根おろしとはじかみ、あるいはホットドッグにとってのクラッシュオニオンとレリッシュ、といった薬味的存在で、だから高級な寿司屋よりも「活美登利」、本格的なうどん屋よりも「はなまるうどん」に行くほうが俄然わくわくしてしまうのだ。

そこでは、ガリやネギやわかめを自由に足すことができ、緑茶も粉を入れてぞんぶんに濃くできる。好きなタイミングで、好きなだけ。とにかく薬味に関しては、わたしにぜんぶまかせてお願い、という熱い思いを抱えて飲食店の暖簾をくぐっている。

でもこの「ぜんぶわたしにまかせて」という思いは、実は薬味だけにはとどまらない。高校生のころ、わたしは多くのティーンたちがそうであったように『ヴァージン・スーサイズ』に夢中になり、ソフィア・コッポラに憧れていた。何かのインタビューで、ソフィアはこんなようなことを語っていた。

「これまで服のデザインやインテリア、写真に音楽といろんなことに手を出してきたけど、そのすべてを自分でコントロールできるのは映画だけ、だから監督の道を選んだ」。

それを真に受けたわたしは、事あるごとにその言葉を吹聴してまわっていた。映画のなかではね、世界がぜんぶ自分の好きにつくれるんだよ——。世慣れた友人からは、「それは彼女がフランシス・コッポラの娘だから言えることなんだよ！」と呆れられたけど、文学を勉強していた大学時代にもその思いは消えず、卒業後、留学先のカレッジではほとんど知識もないままに film/video 学科を専攻した。あまりにナイーヴだったけど、わたしも自分だけの、完璧な世界をつくりたかったのだ。

＊

すべてをコントロールしたいという欲求。それはどこから来たんだろう？　小さな頃から高校に上がるまで、わたしは外見上のコンプレックスに苦しんでいた。背が小さく、太りやすく、とにかくいつも顔色が悪い。小児喘息もあったから、背中はアルマジロみたいにガチガチで、体操服に着替えれば、紺パンからおもちみたいな太腿がはみ出してしまう。わたしは自分の物理的な体にいつも圧倒されていて、そんな体に心が乗っ取られてしまうような恐怖を感じていた。

内面世界には、たしかに「わたしらしさ」のかすかなきらめきが生まれつつあった。でも思春期〜ハイティーンに突入する前の子どもたちにとっては、人の心はおろか、自分の心だって把握することはむずかしい。わたしは自分では支配できない、自分の手には負えない着ぐるみのなかに閉じ込められている気持ちがして、毎日こうした「外側のわたし」ばかりをクラスメイトに晒し、それだけで自分が評価されてしまうことに小さな絶望を感じていたのだった。

でも高校生になってしばらく経つと、とつぜん心が自由になるのがわかった。ああ、わたしはこんな音楽が聴きたくて、こんな映画で涙を流し、こんな小説に心を揺さぶられたりするんだ！　そしてきゅうくつな制服とぶきみに膨張しつづける胸やおしりに抵抗するかのように、わたしは内面世界をどんどん耕し、そこから外の着ぐるみをもつらぬく、秘密の回路をいくつも見つけはじめていた。

まだＳＮＳはもちろんブログもまともになかった時代、それは映画館やＣＤショップや書店に通うことだったり、趣味をわかちあえる友人との会話だったり（片思いをしていた人にそれが聞こえるように、バスのなかでわざと大声で話したこともあった）、毎日書いても書き足りない手紙の交換だったりした。

　少しずつだけど、わたしは自分の外側の世界も自分の手でコントロールできるようになっていった。ロッカーに派手なシールをいくつも貼っていたことも、ルーズソックスから紺のハイソックスに変えたことも、クレアーズで買った、てっぺんにファーのついたピンクのボールペンを手のなかでくるくる回したりしたこともそう（『クルーレス』でアリシアが使っていたあのペン！）。こんなふうに、自分の内面世界と、外側から眼差される自分との乖離をささやかに埋めていくことで、わたしはコンプレックスに折り合いをつけていったのだ。


　結局カレッジでは何もつくらずに卒業した（映画製作こそ、ひとりではコントロールできない、チームワークの世界なんだということにようやく気づいたのだ）。それから紆余曲折あって配給会社でインターンをしてみたり、日系企業でパワハラにあったり、それから大学院に入ってふたたび文学を専攻しながら、わたしは日々の葛藤をストーリーにしてTumblrに日々書き綴ることに夢中になっていった。

　そして帰国後、ジンをつくるようになる。そのTumblrこそが、ジンこそが、わたしにとっての「完璧な世界」だった。

ジンをつくることの喜びは、文章や写真はもちろん、編集もデザインもフォント選びも、どんな紙を使うのかも、ぜんぶひとりで決めることができる、というだけじゃない。それは高校時代の授業中、ルーズリーフにぎっしり書いてハート型に畳み、休み時間に友人に渡した何枚もの手紙みたいに、わたしの内側を丸ごと相手に差し出せるような、それをそのままちゃんと受け取ってもらえるような、どこか完結した安心を含んだ喜びだ。わたしがいま届けたいと思う自分だけを、そう、自分の庭にワッと咲いたかわいい花を何本か、くるりと束ねて「はい！」と届けに行くような、ダイレクトな喜びがそこにはある。

たとえ規模は小さくても、届く範囲が限られても、一生知られることなく終わっても。「完璧な世界」、たとえばそれは、わたしの内側と外側の結婚みたいなもので、それから十年以上、わたしはこの平穏な結婚生活を守ろうとしてきたんだと思う。

でもある日、とある「Twitter の投稿を目にしてどきっとしてしまう。書店にずらりと並ぶ本を書く人のその投稿には、装丁家やイラストレーター、編集者、校正者ｅｔｃ……への愛に溢れる謝辞が書き連ねられていて、わたしはそれを読みながらいつの間にかおんおん泣いていた。こうした謝辞はめずらしいものではないから、これまでにも目にしたことは何度もある。それなのにこんなに動揺したのは、心の奥底でぐっすり眠らせ続けていたはずの思いが、とつぜん目を覚ましてしまったからなのかもしれない。

たぶん、わたしはずっと、さびしかったのだ。さびしかったし、疲れていた。永遠に慣れない営業メールを書くことに。断られるかもしれない！とびくびくしながら書店まわりをすることに。ほとんど自分の分身みたいな作品を、自分の言葉でだれかに売り込み、認めてもらわなくてはいけないことに。ちょうどそのころ、松樹にこんなことを訴えては、しょっちゅう喧嘩になっていた。ねえ、わたしの書くもの、もっとほめてよ！　なんでほめてくれないの――？

わたしはこれまで、自分でつくった「完璧な世界」をだれかに届けるだけで、じゅうぶん人とつながれるんだと思っていた。でも気づかないうちに、わたしはもっと広い世界から、自分のことを締め出してしまっていたのかもしれない。

*

ゼロ年代の最後の秋、通っていた大学院の講堂でブライアン・イーノが講演する、というので日本人の先輩と聞きに行ったことがある。たいして立派な学校ではなかったけれど、学内のミュージアムでイーノが展示をして、それに合わせてレクチャーをしてくれることになったのだ。もうずいぶん前のことだから、展示も講演の内容もあまり覚えていない。でもあの夜、イーノはたしかに何度も〈surrender〉という言葉をくり返していた。

それは主に、「降参する」、「諦める」といった受け身でネガティヴな姿勢を意味する単語だ。それでもこの言葉をあえて「積極的」に用いたとき、「他者に身を委ねる」という、とても健全でうつくしい態度に変わる――というようなことを、イーノは語っていたと思う。それは、自分という枠を超えた、何か大きな存在への信頼にもつながっているのだと。

さあ、身を委ねよう、もしあなたがサーフィンをするなら波に、武芸をたしなむなら対戦相手に、そしてもし、あなたが芸術に取り組もうとしているのなら、まわりすべてのものに――。

でも、「身を委ねること」ってそんなに簡単にできるわけじゃない。イーノが言っていたように、それは他者への信頼とも関係しているし、信頼とはきっと、小さなころから時間をかけて築き上げられるようなものだから。いつも体を硬くして、できるだけ身を隠すように学校生活を送ってきたわたしは、たとえばプールの水に背をつけたとたん、あせってそのままぶくぶくと沈んでいってしまいそうだ。だからわたしにとって、身を委ねることとは、そんなふうに「生きるか死ぬか」というとにかく極端なイメージと結びついていて、やるならぜんぶ自分で、自分でできないならもう諦める、という100か0かの選択肢しか与えられていないと思っていたのだ。

「完璧だ！」と思っていた世界は、プールに沈んだあとの世界だったんだろうか。わたしは底から時おり水面を見上げては、プールサイドにいる人たちの楽しげな声に耳を立て、その笑顔をうらやましく想像しながら、ひとりでせっせと閉じられた世界をつくっていたのかもしれない。

ところでイーノの講演のあと、一緒に聞きにいった先輩はこんなことを言っていた。「大切なのは、ただ身を委ねるだけじゃなく、自分のなかにある〈control〉と〈surrender〉のちょうどいいバランスを、常に見出そうとする、そういう動きのある態度なんじゃないかな」。

今では准教授としてアメリカ文学を教えているその先輩も、若いころは自律神経の不調や鬱に苦しんでいたことがあったという。大学院の授業にぜんぜんついていけず、日に日に落ち込んでいくわたしを、カフェテリアでぬるいコーヒーを飲みながらいつも励ましてくれたことを思い出す。

あのころの自分が抱えていた大きな不安の、ほんの一部だったけれど、こうして先輩に受け止めてもらえていたことが、あの日々を進みゆく支えになっていたのだといまではわかる。

きっと、わたしにほんとうに必要だったのは、すべてをコントロールできるパワーじゃなかったんだろう。安心を感じるために、わたしが求めていたのは。それはきっと、ありのままの自分、手には負えない部分も含めたわたしのままで、それでも一緒に外側の世界をつくっていけるような、他のだれかの存在だった。

完全にすべてを手放さなくてもいい、委ねられないと思ったときにはそう正直に伝えたらいい、歩み寄り、一歩下がり、また少し近づいて。たぶん、信頼というものは、そうしたダンスのステップみたいな、常に変わりゆく小さなあいだの空間にこそ、育っていくものなんだろう。

いま、わたしはおそるおそる水面に顔を出し、こうして用意してもらったあたらしい場所でこのエッセイを書いている。とても新鮮な気持ちで、黄昏《トワイライト》の光につつまれながら。やっぱりまだ緊張して、ぶくぶく沈みそうになることもある。だからできるだけ力を抜いて、夕焼けに染まる空に身をまかせて。

そしてそう、だれかに身を委ねようと思えたとき、わたしたちは、すでに自分がたくさんのものに支えられてここにいることに気づくのだ。

スクリーンから顔をあげると、やっぱり深夜をまわっている。今夜も読書はなしにして、冷房で冷えた指先を温めよう。そしてまた、甘いものにぼんやり思いを馳せるのだ。甘いもの、完璧な食べもの。それだけで確実にいやされるような、甘くてやさしい完璧な。

わたしは熱いお湯に身をあずけながら、いまいちど完璧なパフェをつくるところを想像する。それはひとりじゃつくれない、だから今度は、きっとあなたと。

アフター・トーク 07

最近ナチョスにはまっていて、自分でもワカモレとサルサを作るようになった。ワカモレはライムをきっちり絞って、レッドオニオンをたっぷり入れる。余裕があるときにはオニオンを酢漬けにしておくとなお美味しい。近所のスーパーでサワークリームも手に入れた。お店で食べるナチョスはたいていサワークリームが足りなくて、だからここぞとばかりにてんこ盛りにしたら、食べ終わるころにはしっかり胸焼けしていた。

自己肯定感が低いと、自分にはこれくらいでじゅうぶんと、なにごとも低く見積りがちになる。でもその反動で、自分を思い切り過大評価したくなることもあって……（この場合は「わたしはサワークリームをたっぷり食べれるはずだ！」）。だからすべてを自分でコントロールできることが、必ずしも正解じゃなかったりするんだろう。

連載最終回の段階でも、松樹に「もっと励ましてよ！」と追い詰めてやっぱり喧嘩になってしまった。松樹だって彼なりの基準でポジティブな感想をぜんぶ伝えてくれているし、そもそも言葉以外のところでものすごくサポートしてくれている、それはわかっているはずなのに。

わたしのことを、わたしとぴったり同じだけわかってくれる人がいたらいいのに、なんていつも求めてしまうけれど、同じじゃないからこそ教えてもらえることもきっとあるんだね。それより何より、自分であらかじめ設定した「言ってほしい完璧な言葉」を自分に言ってあげる練習がわたしには必要。

わたしとあなた、それぞれ手渡せるものがあるのだから、そのあいだに生まれるものをもっと大切にしたい。まずはサワークリームの適量をさぐることから。

写真は、「果実園リーベル」のパフェ。ジェンガみたいな
気持ちでくだものを外しながら、ゆっくり食べた。

08

鎮痛剤と押し寿司

とにかく低いわたしの平熱をかるがると超えていきそうな暑い夏、わたしが自宅以外でいちばん長く過ごしているのはおそらく近所のマクドナルドの三階席で、ここはエアコンの省エネ設定のせいか、容赦なく差し込む西日のせいか、長時間腕をむきだしにしてパソコンを打っていても冷えを感じることがない。こんなに完璧な室温のお店はほかにはなくて、だからLサイズのアイスコーヒーとともにいくらでも居続けられてしまいそう。

それでも今日、このフロアの床には朝からずっと、大きなセミがおなかを上に向けて転がっていて、わたしはそれがいつ動き出すのか、それとももう死んでいるのか、気になってしかたがなくて原稿に集中できない。

虫が、とくにセミのことがどうしても苦手なわたしにとって、それが最も怖く感じられるのは、羽化直後の脆そうな半透明の姿や、完全な形をしたまま背中だけぱっくり割れてあちこちに残り続ける抜け殻でもなく、こうしておなかを晒しながら道に転がっている姿で、それがわずかに動いて見えてしまうのは、わたしの心臓がばくばく脈打っているから。その鼓動で大きく揺れるわたしは、彼らの最後の時をいつも見誤ってしまう。

ほとんどこじつけみたいだけれど、わたしにとって「過去」というのはそうした道ばたのセミのようなものだ、と遠くからその亡骸（たぶん）を見つめながら思う。もう終わった、もう動かない、もうこちらには何も働きかけてこないはずなのに、いま、こうして毎日心臓をはずませながら生きているわたしは、ふとしたきっかけでそれにあたらしい命を与えてしまうことがある。過去が息を吹き返す瞬間。

たとえば今日、そのきっかけはポーチのなかの鎮痛剤で、いつも入れっぱなしにしているせいでアルミ部分が破れている。これが必要になるのはいまでは月に一度ほど、それでもわたしには、鎮痛剤を毎日のように飲み続けていた日々があった。

*

カレッジを卒業したあと、ＯＰＴというビザなしで一年間働ける制度を利用して、わたしはロサンゼルスのとある日系企業に就職した。日本では就活をせずにそのままこちらへ飛び出してきたから、面接を受けるのも、履歴書を書くのも、アルバイト以外ではじめてだった。とはいえ会社は現地法人だったから、履歴書もレターサイズの用紙一枚に自分でまとめるスタイル、面接もすぐに日程が決まり、受けてから数日と経たないうちにわたしは会社の人になった。当時のわたしは、あこがれだったアメリカ生活にちょうど「かぶれきった」ころ。社会人としての常識みたいなものはわかっていたはずだったけれど、面接にはアーバン・アウトフィッターズで買った派手なワンピースを着て、目にはしばらく前からはまっていたヘイゼルグリーン色のカラコンを入れたままで行った。面接官は、日本の本社からこちらに来たばかりの気さくな男性と、すでにグリーンカードを取得して、長年ロサンゼルスで暮らしている同じく陽気そうな女性。年齢は、どちらも四十歳を超えたばかりに見える。

時間はなごやかに流れ、最後に付け足しのように長所を教えてほしいと聞かれたとき、「情熱的なところです!」と威勢よく答えたのを覚えている。オフィスの窓からは西海岸の強い陽が差し込み、わたしはその光に負けないくらい大きな笑顔をつくった。思えばあの会社で過ごした半年間のうち、というかロサンゼルスで暮らした四年間のうち、その瞬間こそが、わたしの自信や自己肯定感のピークだったのかもしれない。

子どもの頃、とにかく学校を休みたかったわたしは仮病のエキスパートだった。おなかや頭など、さまざまな部位が痛いフリをするのはもちろん、シーツの摩擦熱で体温計の温度をコントロールする、おでこに母の手が当てられるタイミングを見計らって頭を布団に突っ込んで熱くするなど、あの手この手で具合の悪さを演出することに命をかけていた。だから大人になって、継続的に「痛くないフリ」をすることになるなんて、思いもよらないことだったのだ。

いくつかの企業とシェアしていたあの小さなオフィスで、わたしはアドミニストレーター業務を任されていた。冊子の編集・印刷や、クライアントとの電話・Eメールでのやりとりなど、ほとんどが日本語話者相手の仕事だったけれど、わたしはそのどれもうまくできず、初日から電話受けに失敗し（電話を切ったあと、気が動転して何も内容を覚えていなかった）、あっというまに自信も何もぺしゃんこになった。

直属の上司は、面接では陽気にふるまっていたTさんという女性。たいてい誰よりも遅れて出勤してきたけれど、ひとたびデスクに座ればがんがん仕事をこなし、そのあいだじゅうずっと、部下であるわたしやインターンの子の作業に目を光らせ、受け答えに聞き耳を立てている。そしてわたしたちの失敗に気づいたとたん、デスクに座ったまま、大きな声を上げて責め立てるのだ。

「え〜〜〜！　なにやってんの〜〜〜？　ほんとに信じられないんだけど〜〜〜〜！」

小さなオフィスの真ん中で、彼女のそうした叫び声が聞こえるのは茶飯事で、営業部の人たちが電話をかけている最中だろうが関係ない。

「なんでこんなこともできないんだろう〜〜〜、バカなのかなあ〜〜〜？」

たまらずに文脈を無視して声だけに集中すると、それは恋人のだらしなさをなじる、ひと昔前のギャルみたいな独特なトーンにも聞こえてきて、毎日びくびくしつつも、ここは109かセンター街か……と妙になつかしい気持ちになることもしばしばだった。

ゆるいウェーブのかかった長い髪をデスクの上にわんさと広げ、日本人ばかりのオフィスのなかではふくよかに見えるTさんは、何よりその声が醸し出す存在感が、オフィス全体を占領しているように感じられた。初老の社長も、本社から来たばかりのマネージャーも、彼女には頭があがらない。この会社ではTさんがすべての物事を把握していて、彼女なしではまわらない、だから彼女のふるまいを咎められる人など誰もいなかったのだ。


朝起きて、身支度をしているうちに心臓の鼓動はどんどん速まり、仕事を終え、家に帰るまでそれがずっと続いている。緊張のあまり、全身が心臓になったような毎日だった。

ある日、Tさんに指示された通りに完璧にコピーを取らねばと苦戦していた午後、とつぜん心臓をつらぬくような痛みを感じて、わたしは床に座り込んだ。頭上のトレイにはどんどん紙が吐き出されていく。そのリズミカルな音を聞きながらなんとか正気を取り戻し、作業を終えてデスクに戻った。

その日の帰り、ドラッグストアで鎮痛剤のアドヴィルをたくさん買い込み、それからは痛みを感じるたびに口のなかに放り込んでいた。円筒状のそのプラスチックの瓶は、小さくて持ち歩きやすく、子どもの頃によく食べた「ジューC」のラムネみたいだった。

人生でいちばんつらかった時期は?と聞かれたら、記憶の回路がショートしそうなくらい、ペシミスティックな過去があちこちに散らばっている。それでも強いて選ぶなら、やっぱりこの半年間だと思う。まったく得意とは思えないことを、いくら失敗しても責められても、ぜんぜんうまくやれる希望が持てないことを、一生やり続けるのかと思ってわたしは震えた。自分のなかにまだある善の部分、光り輝く自分の本性みたいなものが、どんどん萎縮して小さくなっていくような感じだった。

のちに心療内科でWAISという検査を受けた際、わたしは能力に凸凹があり、「ワーキングメモリ」というカテゴリが低いということを知った。ワーキングメモリは、特にマルチタスクを行う上で必要になる能力で、それが低いと事務作業などに滞りが出るのだという。わたしはその凹みを、「言語理解」などまあまあ高めの能力で無理やりカバーしているために、常に心に負荷がかかっているのだと先生は説明した。納得しすぎて、思わず「うわ〜〜」と声が出た。

当時のわたしは、痛みを鎮痛剤で抑えていたのと同じように、「すべてうまくできるフリ」をするために、持っていたすべてのエネルギーをフル回転して働いていたのだ。そうしていないと、いつパニックを起こしてもおかしくないくらい混乱していたから。すると当然、一日が終わる頃にはすっかりからっぽになってしまう。歯磨き粉の最後のペーストを絞り出そうとして手がぷるぷる震えるようなとき、いまでもあの頃の自分を思い出す。

そんなぺらぺらのチューブみたいに過ごしていた日々、わたしを救ってくれたのは、週末に巨大スクリーンで観る超大作映画（『アイアンマン』からスタートしたMCU作品は、だからずっとわたしのヒーローだった）だったり、ビーチのレストランでカニやロブスターを食べまくることだったり、必ずどこかで行われている「フェスティバル」に恋人と遊びに行くことだったりした。ダウンタウンで行われていた「ギリシャ・フェスティバル」では、ウーゾという強いお酒を飲んで酔っ払い、主催者でもあるらしいトム・ハンクス夫妻のスピーチを聞いた。カウンティ・フェアがあると聞いては必ず駆けつけ、ホイップクリームをたんまり載せたファンネルケーキをぱくぱく食べてストレスを解消した。

外面的にはいかにもカリフォルニア！という生活をエンジョイしているように見えたかもしれない。でもわたしはそうした週末を心から楽しんでいたわけじゃなかった。それはウィークデイを生き抜くためのサバイバル術だった。

だって、辞めるわけにはいかなかったのだ。わたしには、わたしが帰国してしまったら生きていかれないような恋人がいて、あの会社に就労ビザのスポンサーをしてもらうことなしに、この国に居続けることはできないと当時は思っていた。また大したスキルもなく、はじめてのフルタイムワークですっかり自信をなくしたわたしには、日本に帰っても何をしたらいいのかまったくわからなくなっていたのだった。

この小さなオフィスにも、同僚と呼べるような人がひとりいた。会社と提携していた語学学校に奨学制度を利用して留学していたサチコさんは、学費の一部が免除になる代わりに、授業後にインターンとしてオフィスで働いていた。とても真面目でやさしい人で、わたしたちはすれ違うたびにこっそり目配せをして励まし合っていた。帰宅後にメールや電話でそれぞれの仕事を確認し、Tさんに怒られないように知恵を絞り合うこともあった。

サチコさんはホームステイ中で門限があり、わたしはわたしで共依存関係にあった恋人との生活で手いっぱいだったけれど、仕事帰りのカフェで、わたしが運転する車のなかで、心おきなく愚痴を言い合うことでわたしたちは互いを支えていたのだった。

ある休日、サチコさんとマンハッタン・ビーチにあるガレット屋さんで食事をしたことがあった。あのカフェはシェフもウェイターもみんなフランス人で、太陽ぎらぎらのビーチエリアでも、パリにいるみたいな落ち着いた雰囲気があって好きだった。

そのときに一緒に撮った写真がある。いまでは絶対に着ないような肩がむきだしのワンピース姿のわたしは、たっぷり日焼けして、相変わらずヘイゼルグリーンのカラコンを入れたまま満面の笑みを向けている。その隣には背が高くほっそりとしたサチコさん。いまのわたしには、そこに写る子どももみたいなふたりが抱えていた不安が手に取るようにわかる。それなのに、彼女たちのことをうらやましく見つめてしまうのはなんでだろう？

わたしは二十四歳で、サチコさんは二十六歳の夏だった。先にオフィスで働いていた彼女は、年上であることに気を遣ってか、さまざまな局面でわたしのことを庇ってくれた。そんなサチコさんの存在を、わたしはいままでずっと求めていたお姉さんのように感じていたんだと思う。

もう辞めよう、と思ったのは、自分がつらかったからだけじゃない。ある日、サチコさんが仕事でミスをして、これまでにないほどにTさんが怒ったことがあった。クライアントにも影響がある内容だったから、サチコさんはそれを深刻に受け止めて、体調を崩し数日間仕事に来なかった。そのしばらくあと、サチコさんはこれまでずっと引きこもりだったことを教えてくれた。中学生時代から学校を休みがちになり、ほんとうにつらかった頃には、家から一歩も出られない日々が続いていたこと、そしてようやくやりたいことを見つけて、ここにやってきたのだということを。

サチコさんの一年に満たない留学期間は、あと少しで終わろうとしていた。本来ならもっと自由に、はじめての異国での生活を満喫していたはずだった。それなのに毎日大きなストレスを抱え、ビーチや観光にもほとんど出かけないまま、たいていはホームステイ先の小さな部屋で過ごしていただろう彼女の姿を思って、わたしはやりきれない気持ちになった。

わたしだって、もっとサチコさんを連れ出してあげたらよかったのだ。仕事の上では先輩でも、この街での暮らしはわたしのほうが長かったんだから。丘の上の美術館に、砂漠の小さな町。太ったトドたちがのんびり寝転ぶ北部の海岸、宝石のような夜景が一望できる、『E.T.』の舞台にもなったヴァレーエリアの住宅地——もっと心に余裕のあったころのわたしのお気に入りの場所。

でも日々の忙しさを言い訳にして、わたしは何もできないままにサチコさんは帰国した。最後の日々のことはなぜだかメールにも残っていなくて、どうやって彼女と別れたのかも、あれからどうしているのかも、いまのわたしにはわからない。わたしたちはきっと友だちではなくて、互いがどんな人間なのかもほんとうには知らなくて、でもだからこそ育めた友情みたいなものが確かにあったはずだった。

＊

勤務中の唯一の息抜きは、もちろんランチタイムだった。食べる時間はみんなバラバラだったから、しばらくは小さな休憩室で食べていた。でもある日忘れものを取りに車に戻ったとき、そこで食べることを思いついてからはずっと車内で食べることにした。

いったんエンジンをかけて、隣のオフィスプラザの広い駐車場に移動する。プラザ内のQuiznosでサブサンドを買い、特大サイズのコークと一緒にあっという間に流し込んで、しばらくぼんやり音楽を聴く。あの頃のわたしにとって、車はまさにサンクチュアリだった。そんな経験があったせいか、いまでも車のなかでごはんを食べると安心な気持ちになる。

でも土曜日だけは違った。営業部は休日で、オフィスにいるのは事務局のわたしとサチコさん、そしてTさんだけ。午前中にはたいていの仕事が終わり、午後は簡単な事務作業以外することはない。最初はそれぞれお弁当を持参していたけれど、いつからだろう、「押し寿司」が土曜のランチの定番になっていた。オフィスに置いてあるピンク色のパンフレットを開き、Tさんが代表で注文の電話をかける。

「え〜と〜、おいなりさんが六つに〜、さば寿司とえび寿司も六つずつ。あ、あと卵巻きと巻き寿司も六つずつお願いします〜」。

オフィスから車で数分の場所にあるその押し寿司屋は、創業一九六二年の老舗で、電話で注文しておけば障子のある裏の小窓から、ぎっしり箱詰めされたお寿司を受け取ることができる。包み紙にはレトロなフォントで「ガーデナ市レドンドビーチ街……」と縦書きの日本語が書かれていて、取りに行くたびに、わたしが知らなかった日本がここにはあるという感じがした。メニューボードは「Inari」「Ebi」「Saba」などとローマ字で書かれていたけれど、壁には「パートタイムの従業員を、求めております」という手書き文字のチラシが貼られている。

日・月とウィークエンドが待っているせいか、それとも文句を言い散らしても聞いてくれる他の社員がいないからか。土曜日になると、Tさんはとたんにやさしくなった。わたしたちは狭い休憩室で体を寄せ合うように座りながら、押し寿司の箱に割り箸を伸ばした。マグロで有名な関東の海の町で育ったため、これまで数えるほどしか食べたことがなかった押し寿司を、あの頃わたしはTさんとサチコさんと毎週のように食べていたのだった。

記憶のなかで、Tさんはお寿司を食べながらうれしそうな微笑みを浮かべている。期間限定でいなくなってしまうインターンの子と、結局すぐに辞めることになる、ぜんぜん使えない、それでもこの先育てるつもりでいたはずの年下の女（わたし）にはさまれて、彼女はいつもよりずっとリラックスしているように見える。Tさんは以前、キャビンアテンダントとして働いていたらしい。その後すぐにグリーンカードを取得して、ロサンゼルスで暮らすことになった。渡米して十年は経っていたはずだ。

以前、きゃっきゃとはしゃぎながら、ＣＡ時代の写真を見せてくれたことがあった。写真のなかの彼女は、制服をすらりと着こなして、子どもみたいににっこり笑っていた。当時のわたしと同じくらいの年齢だっただろうか。

いま、ひさしぶりにあの店の名前をGoogle検索して、出てきたお寿司の写真を目にした瞬間、ぶわっと涙があふれてしまう。うすいピンク色の包み紙を開くたびに、休憩室にふんわりと広がった甘い酢飯のにおいを思い出す。

わたしはたぶん、あの場所で、故郷の味みたいなものを見つけてしまったんだと思う。あの異国の地で、ほとんど自分にとって天敵みたいに思っていた人と、あとからうっかりなつかしく思い出してしまうような団らんの時間を、わたしはあのときつくってしまったのだ。

ここでは、この日本人だらけの小さなオフィスのなかではどんなに偉そうにふるまっていたとしても。それでも一歩外へ出れば、わたしもＴさんもただの移民にすぎなくて、どこへ行っても無意識に気を張って生きていかなければならない。そのことは、たった数年この国にいただけのわたしにも、痛いくらいわかっていた。

サチコさんが帰国して数か月後、わたしも会社を辞めた。その頃には、職場環境のトキシックさに気づきはじめ、辞めることにも罪悪感はなくなっていた。オフィスで働くのもあと数日というところで、Tさんは体調を崩し、長く会社を休むことになった。重いインフルエンザで、わたしが辞めたあともしばらく出勤できなかったらしい。

最終出社日に開催されたわたしの送別会には、Tさんをのぞく社員全員が参加した。贅沢に焼き肉をつつきながら、無礼講というようにみんなで飲んで騒いだ、たのしい夜だった。

宴もたけなわという頃、営業部の先輩が、ぽろりとこんなことを口にした。「いまさら言うのもあれだけど……Tさんね、ゆみこちゃんが入ってきたとき、ようやく求めていた人が来たって喜んでいたんだよ――」。

泣き上戸のわたしは、ビールをたくさん飲み過ぎて、それからしばらくトイレで泣いた。心臓の、またべつの部分が痛かった。

アフター・トーク08

書きながら、もし英語でタイトルをつけるなら、“Eating Sushi with Your Enemy”（天敵と寿司を食べた日々）みたいな感じかな、なんて思っていた。半年間だけ会社で働いていた日々のこと。でもいざ書き終わってみれば、相手は別にエネミーではなく、むしろ「ネメシス」みたいな存在だったのかもしれない。

調べてみると、「ネメシス」とはもともとはギリシア神話に登場する義憤の女神の名で、「絶対に敵《かな》わない相手」という意味で使われているらしい。たとえばシャーロック・ホームズにとってのモリアーティ教授のような、むしろ互いに執着してしまうような存在。それは往々にして、自分の心のなかに取り憑いている「影」のようなものが、たまたま具現化して現れたものでもあるのだとか。

もう会わなくなった、あんまりうまくいかなかった人たちのことは、うまくいかなかったからこそしょっちゅう思い出してしまう。その人とのあいだに起きたことがなんだったのか、特にそれがトキシックなものであった場合、はっきりとしたネーミングやラベルを与えることもものすごく大事だし、それに救われることもある（あれってパワハラだったんだ、セクハラだったんだと、あとになって気づいたこと、たくさんあります)。

それでも、人と人との出会いは完全にパーソナルなものでありながら、同時にその環境や社会構造にも圧倒的に影響を受けていて、時を経て眺めてみれば、その人を取り巻く周囲の部分が——型を抜かれたあとのクッキードウみたいに——はっきりくっきり浮き上がってきたりする。その人のそのときのふるまいが、個を超えたものとして見えてくることが。だからひとつのラベルでは表しきれないような、そうした人と人とのあいまいな関係についても、しぶとく考え、言葉にしてみたい。ずっとそんな気持ちでいます。

※このエピソードに登場する二人はいずれも仮名で、また設定にも若干の変更を加えてあります。

写真は、お店を検索したときに出てきたもの。それにしてもあの押し寿司はおいしかった。あの状況で食べたからこそ味わえたおいしさ、なんて思わずにふつうに楽しく食べに行きたいよ。

09

海のおうち

お盆で実家に帰っている。といっても、両親ともこの土地の出身ではないし、もうこの家で暮らしているわけでもない。だからオンが生まれてからは、ここはいつの間にか「海のおうち」と呼ばれるようになっていた。

家から十分ほど歩いてたどり着く海は、漁船がぷかぷかと浮かび、漁具や網のあいまをフナムシがかさかさと走り回るような、とても泳げる場所ではない。それでも日暮れ時には、夕日で金色に輝く水平線の奥に、シルエットになった富士山がくっきり見える。

家の壁はブルーで、どちらかといえば絵本『そらいろのたね』に出てくる家のようなあかるい空の色なのだけど、それでも窓を開けば潮風がかすかに流れ込んでくる。だからやっぱりここは、「海のおうち」なのだった。

この町に移住することになったのは、わたしが小児喘息になったからなのだと、これまでずっと思っていた。東京への通勤圏内で、少しでも自然に近い環境を、と選んだのがこの海の町だったのだと。

それまでに暮らしていたのは典型的な郊外の町、いわゆる「ニュータウン」と呼ばれた大規模な新興住宅地だった。住民のほとんどが、結婚して子どもができたことで引っ越してきた若い家族だったから、町全体があたらしいコミュニティの機運に満ちていたんだと思う。父も母も町のコーラスグループに所属し、母はそこで出会った親たちと自主保育グループのようなものをつくっていた。わたしはそこで、いくつものあたらしい家族とその子どもたちと一緒に、幼稚園の年中まで過ごしたのだった。

歴史を持たない、一からつくりあげていけるような関係性にいまでも惹かれてしまうのは、この時の思い出があるからなのかもしれない。どこからともなく集まり、一定の期間を経てまた離れていく、そんな一期一会の関係に。


就学前の年長の時期に引っ越したのは、人見知りのわたしに少しでも早く友だちを、という両親の配慮だったんだろう。たしかに同じ幼稚園出身の子がクラスにいたことで、小学校に上がる緊張が少しは減った。それでもこの町では、わたしの知らない過去からのつながりのようなものがそこここに感じられ、「ここではうちの家族以外みんな親戚なんだ」と勘違いしそうなほどだった。

まず通うことになったのは、お寺が経営する幼稚園だった。海を見下ろす高台にあり、目の前には近くの島とこちらをつなぐ大きな赤い橋が見渡せる。「鎌倉殿の13人」でも注目を集めた（わたしも推していた……）和田義盛が開いたというお寺で、幼稚園がなくなったいまでも、時おり観光客が訪れるような歴史スポットだ。

そう、半島の先端にあるこの町には、そうした歴史を感じさせる場所があちこちにあった。家から歩ける場所には、源頼朝がかつて酒宴を催したと言われている公園があるし、北原白秋が校歌を作詞した小学校は、近代教育法令である「学制」が公布された明治初頭に開校した、日本で最も古い小学校のひとつだということをつい最近知った。

でもそれよりずっと古いものがある。この町、というかこの半島自体がいわゆる「ジオサイト」だらけで、数千万年前もの痕跡がいたるところでむき出しになっているのだ。とくに、地層の一部がまだ柔らかいうちにぐにゃりと湾曲した「スランプ構造」は有名で、当時は理科の教科書に載っていたことが話題だったけれど、いまではWikipediaのページにわかりやすい例として掲載されている。

今日も車で通りかかった際、小学生くらいの男の子がお父さんと地層の前で何やらメモをとっているのが見えた。夏休みの自由研究に使うのかもしれない。

でも、子どもは「いま」という時間を生きる存在だ。だからそんな彼らにとって意味を持つのは、こうした風土記めいた歴史ストーリーでも、トリビア的な地質学でもない。何かがちがう、うまくつながれてない、と気づくのは、たいてい日常のなかに溶け込んださささやかな文化や習慣だった。

たとえばグループ分けで使う「グーパージャンケン」の掛け声ひとつでも、わたしはよそ者なんだ!と感じるのにじゅうぶんだったりする。いまではすっかり慣れてしまった(けれどぜんぜん使う機会のない)「グーパーじゃんけん、じゃーわっせ、じゃーわっせ」という掛け声も、慣れるまでは、アメとまちがえて口のなかで石でも転がしているような、なんともいえない居心地の悪さがあった。

セミの鳴き声がわずかに聞こえてきたかという時期、クラスの何人かがぽつぽつと授業を抜けるような日が出てくる。夏祭りのお囃子の練習をするために、早退することが許されている下町の子たちだった。ふだんはアニメの最新話やJリーグの試合結果なんかで盛り上がっている教室に、遠い過去の時間が流れ込んでくる季節のはじまりだった。お祭りには、わたしも毎年訪れていた。小さい頃は両親と、高学年になると親と行くのは恥ずかしく、近所のクラスメイトにくっついて行った。

下町の地区が持ち回りで神輿《みこし》を担ぎ、山車《だし》をひく、江戸時代から続く伝統的な夏祭り。

そこではもちろん、わたしの家族がになう役割など何もなくて、することと言えば、ふだんは食べさせてもらえないような屋台のフードを食べたり、絶対にうまくいかないとわかっていても真剣に取り組んでしまう、「かたぬき」にチャレンジすることだったりした。

なかでも楽しみにしていたのは、氷をくり抜いた穴に果物と一緒に固められた「あんず飴」と、「かちわり」というどぎつい色のジュースを売る屋台だった。かちわりは、かき氷に使うシロップを、氷と一緒に金魚すくいのビニール袋に入れてストローを刺しただけのもの。それでも、色とりどりの透明な液体がずらりと並んでいるのがとにかくきれいで、喉の渇きもあいまって必ず買ってしまうのだった。

いつもよりずっと賑やかな夕暮れの下町をうろうろしながら、クラスメイトたちと屋台を回る。すると彼女たちのいとこや親戚、それに家族で行きつけの店屋の主人なんかが声をかけてくる。「よおー、来てんじゃんか、父ちゃんは元気してんのかよ――?」

しばらく立ち話に応じるけれど、子どもだから、みんな大人には少しそっけない。だからこそ付き合いの長さがうかがえる、そんなやりとりを、わたしは腕にかちわりの袋をぶらさげながらぼんやり見守っていた。舌についているはずのシロップの鮮やかな色が、自分では確認できないのがいつもさびしかった。

夏休みが明け、新学期になると、真っ黒に日焼けした子どもたちの腕には、何やら白っぽい紐が巻き付けられている。さきいかのように見えなくもないその紐は、神輿を先導する獅子舞の獅子の毛だ。おそらくは木の皮か何かを削ったものでできていて、手首や足首に巻いておくと、その一年は不幸をまぬがれる、という昔から伝わるお守りなのだ。

獅子の毛をもらえるのは、主に祭りの担当地区に住んでいる子や、下町で店をやっているような家族の子どもたちだった。だから腕に巻いた毛の太さは、地元との距離を示す指標なのだと子どもながらに思っていた。そうした子どもたちから、仲の良い友だちへ、その友だちから、また別の子へ。そんなふうにまわりまわって、わたしもおこぼれのように、薄く裂いた毛をもらえる年もあった。お守りやおまじないのような、ジンクスめいたものが好きな子どもだったわたしは、みんなと同じく日焼けした腕にいそいそとその頼りない紐を巻きつけて、それでもすぐに切れていつの間にか失くしているのだった。

高学年になると、縄のように太く撚られた毛を巻いている子もいた。日が経つうちにところどころ玉になり、汚れて茶色に変化していく、そんなことばかりがうらやましかった。

*

「わたしはなんでここにいるんだろう?」そんな気持ちをぬぐえないまま、小中学校を卒業し、電車とバスをいくつも乗り継いで隣の市の高校に通うようになると、地元との関係もどんどん疎遠になっていった。東京の大学に入り、その後アメリカに留学してからは、出身をたずねられるたびに思わず「Tokyo」と答えてしまい、日本の友人には「花巻」と言いたくなることもしばしばだった。母は東京で生まれ育ち、父方の祖父母のお墓はいまでも花巻にある。敬愛する宮澤賢治の生家の近所で育った父は、本籍地をいまだに変えずにいて、わたしも書類上は花巻の人である期間が長かった。

とはいえ、どちらの祖父母もひとところに居つかず、いずれの土地にも家はなく、親戚づきあいもほとんどない。だからといっては大げさだけれど、なんとなくずっと根なし草の気持ちでいた。ロサンゼルスでうっかり「故郷の味」をつくってしまったのも、そのせいなのかもしれない（「鎮痛剤と押し寿司」参照）。

震災が起きたのは、そんなふうに地元との距離が遠くなったまま、帰国してきた直後だった。その日、わたしは仮り暮らしをしていた東京からいったん実家に戻り、翌日には両親とともに花巻にお墓参りに行くことになっていた。地元の最寄駅に着いて、駐車場に停めておいた車のエンジンをかける。大きな揺れを感じたのは、ちょうどその瞬間だった。

原発事故が起きてしばらく経ったあと、父がぽろりとこんなことを口にした。「ここに引っ越してきた理由を、あらためて考えさせられたよ」。引っ越しを決めた八〇年代後半、編集者だった父は原発に関するある書籍の編集を手掛けていた。ムラサキツユクサの変異と事故の可能性を示唆したその本は、当時はほとんど注目されなかったらしい。それでも担当編集者だった父は、少しでも遠くへという気持ちから、この海の町に移住することに決めた。そしてわたしの喘息が、隣人たちへの引越しの理由となったのだった。本当のことを、言えるような時代ではなかったんだろう。

暮らす場所を変えることが、そのひとの人生においてどういう意味を持つのか、まだよくわからないままにこれを書いている。震災や災害その他あらゆる事情のために、これまで住んでいた場所を離れなくてはならなかった人たちがいて、その人たちと自分の経験が同じものだとはもちろん思ってはいない。どんなに離れたくともそれが叶わない人たちがいることも、何があっても離れたくないとそこに居続ける人たちがいることも、災害のニュースを聞くたびに忘れてはいけないと胸に刻まれる。

人と土地とのあいだには、それぞれに無数の関係性（もしくは非-関係性）があって、わたしたちは物理的にも感情的にも、それに大きく揺さぶられることがある。

レベッカ・ソルニットは『迷うことについて』のなかで、カリフォルニア州ウィントゥ族の人々と土地との関係について、次のように書いている。

彼らは自分の体の部位を指すときに左右ではなく東西南北の方位をつかう。［…］自

分はまわりの世界との関係によってのみ存在していて、山や太陽や空なしには自分もまた存在しない。[…] そんな言葉の世界で自我が迷うことはありえない。すくなくとも原野で迷子になる現代人のように方角を見失い、来た道ばかりか地平線や光や星空といった自分をとりまくものとの関係まで忘れてしまうことはない。

わたしにとっては、この町に越してきた本当の理由を知ったことが大きかった。これまでは、「もしわたしが喘息じゃなかったら」とか、「あのままニュータウンで暮らしていたら」とか、過去にばかり、自分にばかり意識が向いていた。それが父の話を聞いて以来、海も、空も、水平線に浮かぶ小さな富士山も、かつて自分を遠くからとりまき、背を向けているように思えた世界が、よく見えるようになったのだ。震災を経て、いまも各地にあり続ける、いくつもの原発の存在も。

そうするうちに、言葉がぐるりと回転するのがわかった。「わたしはなんでここにいるんだろう?」から、「わたしがいると、ここはどんな場所になる?」へ。

過去をまなざす立ち位置が変わったことで、内側に向けられていた矢印が方位磁石みたいにくるっと外を向きはじめた。

＊

先日、あたらしく出会った友人と地元の居酒屋で飲む機会があった。わたしよりひと回りほど年下のRちゃんは、東京からこちらに移住してきたばかりだ。デザイナー兼ショップ店長という仕事を通じて、どんどんこの町を開拓しはじめている。Rちゃんが最近よく行くんです、と連れて行ってくれたその居酒屋は、わたしが通っていた小学校の目の前にあった。そんな場所でのんびりビールを飲んでいると、たちまちいろんな記憶が蘇ってきて、わたしはついつい饒舌になってしまう。

いつもだったら、支配的な先生に怯えていた日々のことや、小学校へと続くあの階段を登るのがいかにつらかったか、などとネガティブな話題ばかり振りまきがちなのに、その日はむしろ楽しい思い出ばかりが口をついて出た。

「あのね、いまは埋め立てられてしまったあの海岸では、しょっちゅう磯遊びをしたんだよ。普段着のままズボンの裾をまくって、少し海に入るとバフンウニがあちこちに見つかるの。手のひらで殻をかしゃっと割って、海の水で洗いながら中身をつるりと口のなかに流し込む。おいしかったのかな？　わからないけど、とにかく楽しかった。岩にたくさん張り付いたカメノテも、あれ、食べられるんだよ。金属のヘラかなんかで無理やり剥がして、どんどんバケツに入れていく。それから近所の子どもの家に戻って、鍋でぐらぐら塩茹でして食べるの――」。

磯浜の隣には、かつて市営プールがあった。とっくに閉鎖されたいまでも、壁に「市営プール」というはげた文字が残っている。海に入ったあとにプールに行くこともあれば、プールに入ったあとに磯遊びをしたこともあった。でもプールでのいちばんの思い出は、出てきたあとでおでんを食べたことだ。

プールの近くにあった駄菓子屋は、子どもたちから「おかっちゃん」と呼ばれていて、夏だけは店先でおでんを売っていた。当時はいまよりも気温が低くて、長いことプールに浸かっていると体は芯まで冷えてしまう。水から上がった後のだるい体に、熱々のおでんは何よりのごちそうだった。

「こう、四角く区切られたおでん鍋にね、いろんな具が浸かっていて、〝これとこれとこれ!〟と指をさしながら注文するの。じゃがいもにウィンナー、大根、こんにゃく。それでもぜんぶで百円とかそのくらい。スーパーの袋詰めするようなところにある、ふつうの小さいビニール袋に入れてもらってね。つけてくれた竹串で、うっかり突いて袋に穴があいたりすると、熱い汁がぴゃーっとこぼれて、みんなで〝あちちち!!〟なんて騒いだりしたんだよ」。

おかっちゃんは、その呼び名から受ける印象にそぐわず、気難しそうなおばちゃんが営んでいて、なんとなくいつも怒っているような調子で子どもたちに接していた記憶がある。誰に対してもそうらしく、知り合いの子であっても、よそから来たわたしであっても、変わらずに不機嫌に接してくれるのがなんだかうれしかった。

何度通っても距離は縮まらず、いつもどきどきしながら、おでんだねを指差していたけれど。それでも、「おかっちゃん」と口にするたびに、この町と少しだけ親しくなれたような、こそばゆい、照れくさい感じがあった。

ところで、浅草で育ったRちゃんは、かつては「神輿を担ぐ側」だったらしい。わたしと同じくお寺付属の幼稚園に通い、地元の伝統文化にどっぷり浸かりながら育った。それがいま、この小さな海の町で暮らすようになり、この夏はじめて体験する祭りでは、担当地区に当たっているという。しかも彼女が暮らしている住居兼職場は、わたしの母の生徒であり、わたしにとっては幼なじみのように育った姉妹の、かつての実家だった場所だった。呉服店を営んでいた彼女たちの実家で、わたしは七五三の着物も、成人式の着物も仕立ててもらったのだった。

大昔、母にしがみつき、泣きながら通った小学校の目の前にある居酒屋で、Rちゃんおすすめのメニューをつつきながら、わたしは過去と現在が交錯するような不思議な感覚を覚えていた。嵐が近い蒸し暑い夜で、わたしたちはほんのり酔っ払いながら、ビニール傘を盾のように構えて港にあるバス停に向かった。

これからわたしは終バスで駅に向かい、東京に戻る。彼女はそのまま歩いて、すぐ近くの自宅へ。なんだかものすごく歳をとったような気持ちがして、でもそれこそがわたしがずっと求めていたことなのだと思った。

誰もいないバスの窓から、よく見知った通りを眺めながら、はじめてこの町を未来形で語れるような気がしていた。

アフター・トーク 09

むかし読んだ漫画で、ひうらさとるの読み切りだったかな、田舎で鬱屈している高校生の主人公に都会からやってきた新任教師が言った、「大人になったらラクになる」という言葉をずっと覚えている。教師と生徒とのあいだの、けっこうな歳の差・権力勾配のある恋愛という、いまではちょっと危なっかしく思えるような内容だったけれど、当時中学生だったわたしはかなり救われたんだった。

二十歳になり三十歳を過ぎ、子どもが産まれてもなお、その「大人」というのがいったいいつのことを言うんだかよくわからなかったわたしが、いま四十歳を前にして、ようやくその言葉の意味を享受しはじめている。

シュタイナーの人智学では、人生を七年の周期にわけて考えることがある。三十五～四十二歳という、六番目の「七年期」にいるわたしは、人生をひとつの山と捉えたとき、もっとも見晴らしのいい場所にいると言っていいかもしれない。その山のてっぺんで、わたしはこれまで辿ってきた過去がよく見えるようになり、また遠く広がる未来をも見据えることだってできる。その見晴らしのよさは、同時に人を孤立させるものでもある。わたしが辿ってきた道は、あたりまえだけど、他のだれともちがう、きっとまたゆく先もちがうだろう――。
だからこそ、自分の人生もほかのだれかの役に立つかもしれない。わたしにも語ることがあるかもしれない。そんなことをふと思えたとき、たしかにちょっと「ラクに」なった気がするのだ。「わたしがいると、ここはどんな場所になる？」そんな問いを自分にかけられたときには。

いま、Rちゃんのお店にはわたしのジンが並んでいる。幼なじみの姉妹がかつて暮らしていた、よく遊びに行った呉服店だった場所。いまでもあの海の町に、むかしのわたしみたいな子どもがいたとして、ジンをふと手に取ってもらえるようなことがあったらこれほどうれしいことはない。「ラクになる」までによっぽど時間がかかっても、「だめな日々」がいまだにあっても。山の上から「ここだよー」と小さく旗ふる大人でいたい。

写真は夜の港。これ
も大人になってから
ようやく享受できた、
うつくしい景色。

10
熱の世界

「もう一度あなたとぶつかりたい」。階段を早足で降りていく主人公の肩越しに女が声をかける。「蟻にはなりたくないのよ」。

自動操縦でもされてるみたいに、わたしたち毎日あくせくと触角を振って動き回ってる。人間らしいものなんて何ひとつない。止まれ、進め、そこまで歩け、あそこへ車で。行動のすべてがただ生存のため。礼儀正しさだけにのっとって、『お釣りになります』、『ビニールと紙袋どちらにします？』、『ケチャップをおつけしますか？』なんて。ストローなんて要らないのよ。わたしが欲しいのは、ホントウに人間的な瞬間、それなの。わたしはきちんとあなたを見たい。あなたにも、わたしを見てほしい。あきらめたくないの。蟻にはなりたくないのよ——。

これはリチャード・リンクレイター監督の実験的なアニメーション映画『ウェイキング・ライフ』からのワンシーン。主人公の若い男は、映画のなかで何度も目覚めながらも、夢と現実の境目がわからずに街をさまよい歩いている。通りで、講堂で、バーで、さまざまな人々が彼に語りかけ、自分の考えを語っては通り過ぎていく。個の進化について、自由意志について、人間の本質について、はたまた言語における霊的な力《スピリチュアル・コミュニオン》について。たんたんと、熱心に、そして時に怒りすらこめながら語られるそれらの哲学談義を、男は口も開かずただ静かに聞いているだけ。

でもある日、地下鉄へと続く階段の途中、彼は赤毛の女と鉢合わせになる。「エクスキューズ・ミー」と機械的に謝り、そのまま階段を駆け降りようとする男を呼び止め、彼女はこんなことを言ったのだった。ちょっと待って、もう一度あなたとぶつかりたいの、と。

*

わたしだってそうだ。わたしだってあなたとぶつかりたい。たとえば調子のいい日には、「この人、わたしのこと見ていい気分になったりしないかな」、なんて顔をしながらうろうろ街を歩いている。まるで行き交うすべての人が待ち合わせの相手でもあるかのように。

「ひさしぶり！」と手と手を合わせて再会をよろこぶ、泡がはじけるような瞬間。ビールジョッキをガチンとぶつけ合うときの、とびきりの笑顔。そんな光景を頭のなかで何度も思い描きながら、それでもあっという間に通り過ぎてしまう、誰でも、いつでも。

もちろん死ぬほど落ち込んでゾンビのようにあたりを徘徊するだけの日だってある。思うように文章が書けなくて、ぺしゃんこの気持ちでパソコンを抱えてマンションにたどり着いた夜、エレベーターに同乗してきた隣人に会釈すらできなかった。「ふん、わたしだってこのあいだ、郵便受けの前で挨拶した人に無視されちゃったし」なんて、勝手な記憶で罪悪感をチャラにして。

そんなことをくり返し、苦い思いを積み重ねながら、わたしたちは互いにやさしくすることを忘れてしまう。それ以前に、他者に関心を持つことを。

*

朝起きて、今日もオンの脇の下に体温計をつっこむ。お盆があけて、発熱続きだったオンもようやく元気になり夏休み保育へ、と思ったところでまた熱が上がってしまった。あわてて小児科に連れていくと、ふたたび細菌性の風邪。今回ばかりは、と観念してオレンジ色の苦い薬をヨーグルトと蜂蜜に混ぜて飲ませる。

「う〜っ、このちょっと苦いのがいいんだよね！」と強がるオンがけなげだった。

パンデミックを経験したわたしたちは、「体温が上がる」ことを極度におそれ、店に入ればほとんどピストルみたいな体温計をおでこに突きつけられてきた。決して誰かに触れてはならず、しゃべることすらためらわれ、ただ数値化された体温ばかりをさらし続けたあの特異な日々の記憶は、だんだんと薄れつつはあるけれど。

むかし、理科の授業で「恒温動物」について習ったとき、すべての生き物が一定の体温を保っているわけではないと知って驚いた。極限の環境下で、かちこちに冷たくなったたま、それでも生命を失わずにいられる生き物がいるということに。そして自分が、生まれた時からこの体温を維持し続けられていることの不思議を思った。寒いところにいても、暑いところにいても、わたしを一定にあたためようとする、この熱はいったいどこからくるんだろうと。

ルドルフ・シュタイナーは、人間には五感どころか十二の感覚が備わっていると考えていた。「触覚（わたしの境界を知る感覚）」からはじまり、「自我感覚（他者の存在を認識する感覚）」へとたどり着くこの「十二感覚」は、人が地上に生まれ、人間になるまでの成長過程を示しているとも言われている。

そのうちのひとつ「熱感覚」は、順番的には真ん中あたりに位置していて、文字通り

「熱の世界」を知るための感覚である。それは熱い・冷たい、といった物理的な温度にとどまらず、「あの人情熱的だね！」とか「ちょっと冷たくされちゃったな」など、「人の心」の状態についても感じるものであるらしい。

熱はふつう、温度が高い方から低い方へと、常に流れのなかで存在している。だから熱感覚とは、わたしと世界、わたしと他者のあいだに流れている熱を知覚する感覚とも言えるのだろう。あたたかさはわたしという枠を超え、外へと広がり人を引き寄せる。一方で冷たさは人をきゅっと萎縮させ、対象から引き離す。わたしたちのなかに熱があるのは、他者や世界に関心を持っているしるしであり、かつて誰かにそのような熱を向けてもらったことがあるよ、という証明なのかもしれない。

＊

外へと広がり、他者に関心を持つこと。熱をもって誰かと向き合うこと。それでも人生は映画のようにはいかない。交差点で、駅構内で、人と人とが集まるありとあらゆる空間のなかで。わたしがあなたとぶつかると、思わぬ傷を受けることがある。女性をターゲットに突進してくる「ぶつかりおじさん」の話題はSNSでもしょっちゅう目にするし、わたし自身も先日似たような経験をしたばかりだ。

平日の早い午後、がら空きの電車に座っていると、中年男性が隣にどかっと腰を降ろし大声で暴言を吐いてきた。わたしが足元に置いていた荷物が目障りだったようで、ひとしきり怒鳴ったあとすぐにどこかへ行ってしまった。

物理的な損傷は受けていない、なんならちょっと笑ってしまった。それでもやっぱり、ふだんわたしの境界を守っている覆いみたいなものがふいに破られた気持ちがして、体がぎゅっと固くなる。相手に関心を持つどころか、世界中すべての人から目を逸らしたくなる。大学時代にウォルト・ホイットマンの詩に出会っていらい、心のなかであたためつづけてきた、「道ゆくすべてのひとを好きになりたい」というナイーヴな願望。それが歳を重ねるごとにあきらめに変わっていくことに、ほっとした感じさえ覚えはじめていた。

こんな経験をしたこともあった。

その日、わたしは品川駅高輪口のタクシー乗り場にいた。オンがまだ二歳だったころのこと。松樹の実家である大分からの帰りで、わたしの両親も一緒だった。わたしたちは大荷物に囲まれながらタクシーを待っていた。

いざ列の先頭になったとき、わたしたちはもたついた。オンを抱き上げ、ベビーカーを畳み、誰が助手席に座り、どのように荷物を詰め込むのか。それぞれが頭のなかで組み立てていたパズルがうまく噛み合わないうちに、タクシーが到着し、ドアが開いた。

「おい！　なにもたついてんだよお前ら」。その声はすぐ後ろにいた松樹たちを越え、まっすぐわたしに飛んできた。

「ちんたらすんなよ、早く行けよ！」スーツ姿の長身の男性が、その憤然とした声にそぐわない冷めた目でこちらを睨んでいる。男はわたしの方へずいっと身を乗り出してきた。シャツの下にふくれた腹を、高級そうなベルトが無理やり支えている、それに気づくか気づかないかのうちに、わたしは顔をあげて男に怒鳴り返していた。

「なんだよその言い方は――！　だったらあんたが先に行けよ！」喉はふるえていたけれど、体の奥に声がしっかり根を張っているのがわかった。お腹のなかで炎が一瞬で燃え上がり、そのごうごう燃えたぎる音が肺を通って声になっている。そんな感じだった。

「ほら、行きたいんなら行けよ、行け、行け！！！」

わたしの返答を聞いた男が、どんな顔をしたのかはもう思い出すことができない。男はわたしたちを勢いよく追い越すと、唾を吐き捨ててタクシーに乗り込んだ。次のタクシーは、まばたきのうちにやってきた。わたしたちはトランクにベビーカーと荷物を詰め込み、ぎゅうぎゅうになりながら全員で乗車した。

「お荷物、大変でしたね。ご旅行だったんですか？」ハンドルを握る女性の運転手は、明るい声で話しかけてきた。ミラー越しに大きな笑顔が見える。「そうなんですよ、大分県のね、国東《くにさき》半島ってご存知かしら——？」

母と運転手のやりとりを聞きながら、わたしはオンを膝の上に抱えて窓の外を見つめていた。先ほどの経験とのあまりのギャップに、次々と涙があふれてくる。男がタクシーに乗り込んだとき、わたしは手すりから身を乗り出し、指を立てて車内にいる男を呪った。「XXX！」ひさしぶりの罵り言葉は、けっきょくリアウィンドウにぶつかってこちらに跳ね返ってきた。これまで燃えていた炎が一気に引いて、背筋にぶるっと冷たいものが走るのがわかった。

いまごろあの男は、ひとり飛び乗ったタクシーのなかで何を考えているんだろう。ああ、自分は嫌なやつだな、あんなことを言うつもりじゃなかったのにと、振り返ったりするんだろうか。いまのわたしがそうしているみたいに。それともただ怒りに身を任せ、運転手にも同じように横暴な態度をとっているのか。そんな態度を受け止める羽目になった運転手は、彼を降ろしたあとで何を考えるだろう？　次に乗せた客に、それが影響したりしないだろうか？

信号待ちの交差点で、たくさんの人が目の前を通り過ぎていく。東京に戻ってきたんだな、と思った。国東半島では、海と山と空ばかりが目に入ってきて、人とぶつかることなどほとんどありえないように思えたけれど。

でも、そんなことはない。人がいるところなら、いたるところで衝突は起きている。現にわたしだって、松樹の地元の寿司屋に行ったとき、おかみさんに「ふたり目は男の子を産まんとな」と言われて喉元まで出かかった怒りを飲み込んだんじゃなかったか。

人に対する反感の気持ちは、いったいいつ生まれるんだろう？　誰かに対して、敵対的にふるまうその心は？　膝の上にオンの重さを感じながら考える。日を追うごとにオンは体重を増し、語彙も爆発的に増えていた。意図的であれ、無意識であれ、人の心をえぐるような言葉は、いったいどこでつくられるんだろう？　誰かを見下し、恫喝するような物言いを臆せずにできるようになる、そのひとのはじめての瞬間はどこにあったのか。

あのときタクシー乗り場で、わたしは相手を無視してかわすことも、愛想笑いでいなすこともできたはずだった。人混みで起きるたいていの衝突と同じように。フェミサイドのニュースを聞くたびに、自分の尊厳をうしなわずに自分を守る方法がどれほどあるだろうと考える。あのときとはまたちがう冷たさが背中をぞっと走るのを感じる。

それでもあの日、わたしはあのように反撃せずにはいられなかった。そばに家族がいることで、気が大きくなっていたのかもしれない。でもわたしのなかには、同じように強い言葉を投げつけ、他者を呪いたいというつよい衝動が確かにあったのだ。その衝動はいったいどこから来たんだろう？　男もわたしも、なぜあの日あの場所で、わざわざ互いをののしらなくてはならなかったのか。それはわたしにとっても、男にとっても、相手だけでなく、むしろ自分への尊厳をうしなわせるような行為だったはずなのに。
あの日以来、そんな疑問が頭から離れないままここにいる。

＊

映画『ウェイキング・ライフ』に戻ろう。赤毛の女と向き合った主人公は、瞳に光を取り戻したように見える。誰といても上の空だった彼はようやく自分の意見を口にする。僕も蟻にはなりたくない、ぶつかってくれて救われたよ、と。

それってD・H・ローレンスが書いていたことなのかもしれない。たとえばふたりの人間が道で出会うとしよう。彼らはただ目をそらして通り過ぎるかわりに、ローレンスが言うところの『魂の対決』みたいなものを受け入れることにするんだ。つまりそれは、僕たちみんなの心のなかにある、神々を解き放つということ。勇敢で無鉄砲な神々を——。

引用元とされているD・H・ローレンスの『アメリカ古典文学研究』を開いてみると、

その文章は次のように締めくくられていた。

I am I. Here am I. Where are you? Ah, there you are! Now, damn the consequences, we have met.（僕は僕。ここにいるよ。君はどこだ？ ああ、そこか！ さあ、会ったぞ、結果なんてどうでもいい。）／大西直樹訳

でも、人生において、「もう一度」はほとんどの場合やってこない。胸くその悪い経験は胸くその悪いまま終わるし、傷つけ合った相手ととことん向き合えるような余裕のある社会にも生きていない。そう思うと、ローレンスの引用も皮肉みたいに思えてくる。

あのときタクシー乗り場で解き放たれたのは、神々というよりもむしろモンスターのようなものだった。わたしのなかの神と、あなたのなかの神との戦い。こうしたことは歴史上いくらでもくり返されてきたのではなかったか。わかり合えない、わかり合おうともしない相手に無益な攻撃をしかけることが「人間的」な邂逅なのだとしたら。蟻のように下を向いたまま、目をそらし、相手を無難にやり過ごすより他ないのかもしれない。

それでも、同じくリンクレイターが監督した映画『ビフォア・サンライズ』のなかで、ジュリー・デルピー演じるセリーヌはこんなことを言っている。それはロマンティックな夜のウィーンの街角で、彼女をうっとりと見つめるジェシー（イーサン・ホーク）に向けられた言葉だった。でもきっと親密な相手だけを想定していたわけではない。

もし神が存在するなら、それは人の心の中じゃなくて人と人との間のわずかな空間にいる。この世に魔法があるなら、それは人が理解し合おうとする力のこと。

人と人とのあいだにあるわずかな空間。それは「いまここに誰かといる」という単純な事実にただ気づくことで生まれるものなのかもしれない。わたしはいまのわたしのままで、あなたはいまのあなたのままで。ただ、そこにいることのむずかしさ。それは独りよがりな願望を抱きながら街をうろうろするのでもなく、顔と顔を突き合わせて哲学談義にふけることでもない。あなたが目の前にいるときのその感じ、ちがう体、ちがう心、そしてちがう過去《ストーリー》を持つふたりのあいだに生じるもの、ただそれに気づくことが、ここに神なるものを——その言葉がしっくりこなければ、熱を——呼び起こすのかもしれない。

そして過去《ストーリー》とは、目に見えるもの、言葉にできるものを支えている、目には見えない、言葉にはできないもののことなのだと思う。

じゃあ、もう二度と会うこともない、会いたいとも思えない、かつて手ひどくぶつかった人たちとのあいだには何があるんだろう。彼らとわたしを分つ永遠とも思える時間、無限の距離。そのあいだにも、神が、熱が宿ることはあるんだろうか?

その広漠とした時空間を満たすような魔法の言葉は、きっと簡単には見つからない。それでもわたしはこうして記憶のなかで、たぶん何度も出会い直すのだろう。あのときわたしは何を言い、何をすればよかったのか。目に見えず、言葉にもできない領域で、わたしは何度も問いかけるだろう。それは相手を不用意に受け入れる、ということじゃない。むしろそれは、かつてびりびりに破れた自分の覆いを癒し、世界への関心を取り戻すためにある。そして次にこの道をやってくるはずの、また別の誰かと出会うために。

そのうちにいつか、かつて冷たく突き放された相手とのあいだにも、熱を取り戻せる日だってくるかもしれない。会わないままに、でも過去《ストーリー》のどこかで。

主人公の返答を聞いた赤毛の女は、ひとこと満足げにこう答えた。それはローレンスの引用を受けたものだったけれど、少しも皮肉には聞こえなかった。

"Then it's like we have met."「これがわたしたちの出会いなのね」。

アフター・トーク10

　この原稿がアップされた数日後、オイリュトミーのレッスンで会った友人Aちゃんに「あれ、過激でしたね〜〜！」と言われて一緒に笑った。前回会ったとき、おじさんと衝突した話をいま書いてるんだよ、と伝えてあったのだ。「おじさん、まさかゆみこさんがあんな感じになるとは思いもよらなかったでしょうね」。いやー、わたしだってあんな感じになると思わなかったよね……。
　それからふたりで、あれがたとえばおじさん同士だったらどうだったんだろう、と考えた。同じように良いスーツを着て、同じようにかっぷくがよく、同じように偉そうなおじさんふたりの対峙だったら？　もしくは、わたしが超高身長で、マスキュリンなヨーロッパ人だったらどうだったか？　連想は止まらないけど答えは出そうにもなかった。

　こうした衝突が起きたとき、それを引き起こしたのがわたしのふるまいなのか、それとも他者から見てとれるわたしの属性（女性・低身長・童顔）が影響を与えているのか、どうしてもそれが気になってしまう。実際にはさまざまな要因が複雑に絡み合っていて、簡単に説明できるものじゃないのかもしれない。それでも「舐められたくない」とか、「なんかずるい」という気持ちが湧き上がり、とたんに反撃したくなることがある。

実はこの日もそうだった。レッスン会場につき、がまんできずに駆け込んだトイレが清掃中であることに気づかず、おじさんにきつくドヤされたので、「でもしょうがないじゃないですか！」と同じくきつめに言い返してしまったのだった（動揺していたので、えなりかずきっぽくもあった）。

心と心で、魂と魂だけでは存在できないこのリアルな世界で、それでもそれぞれが背後にしょっている過去《ストーリー》を見つめることを怠りたくない。清掃員のおじさん、お仕事中にごめんなさい。

写真は『ウェイキング・ライフ』より。わたしはあなたをきちんと見たい。あなたにも、わたしを見てほしい——どうしたらこのバランスが成立するんだろう？

ALASKA
I want to see you.
I want you to see me.

11 自分の薪を燃やす

まだ夏がはじまったばかりの七月、松樹を通じてある写真家の方とゆっくり話す機会があった。ヒッピー・ムーブメント真っ只中に学生時代を送り、わたしたちが十代の頃にはすでにさまざまなカルチャー誌で写真を撮っていたような人。

大人になったわたしはもう人見知りはしないけれど、大人になったからこそ相手によってはその存在感や社会的立場に気圧されてしまったりする。だからその日も緊張して何も話せなくなるのでは、と会う前から心配だった。それが実際には、宗教や神秘学や、とにかく世界の不思議ごとの話題で話がはずみ、とても楽しい時間を過ごすことができたのだった。

会話のさなかに、その人がふとこんなことを言った。それが夏のあいだじゅう、ずっと心に響いていた。

「放っておくということが、無関心ではなく、ひとつの愛の表現になるのではないか」

おそらくSNSやインターネットニュースについて話していた流れだったと思う。ほとんどすべての人がインターネットでつながれるような世界では、他人に関心を抱かないことのほうがむずかしい。だから相手のことを「放っておく」ことが、愛に、つまりやさしさや思いやりになることもあるのではないか。

それがたとえ、顔を見て、直接差し出すことはできない、遠い愛だったとしても――。

英語の慣用句に〈star-struck〉というのがある。「映画スター」のようなセレブリティに熱狂する、夢中になるという意味で使われることが多い。でもそうした熱狂の裏には、おそらく「わたしとあなたでは生きている世界がちがう」という暗黙の了解みたいなものがあるような気がしている。

たとえば社会的に重要とされているような人を目の前にしたとき、萎縮するような経験をしたことはないだろうか？　文字通り「スター」という威光に「打たれた」かのように、自分の言葉を失ってしまうようなことが。

今回はそうはならなかったけれど、わたしも何度か経験したことがある。相手がスターではなかったとしても、たとえばサイン会などで憧れの人を前にしたとき、けっきょく大したことは言えずにあとからもやもやした感覚を抱いてしまったりする。たった数分、握手をしたり、サインをもらったり、紋切り型の感想を伝えたりしても、残るのは一時的な興奮とそのあとに続く空虚感だけ。自分が単なる記号になった気持ちになり、だったらいっそ会わないほうがよかったのかな、なんて思うこともしばしばで。

会えるだけで満足、顔を見られるだけで幸せ、という人がいるのもわかっている。たぶんわたしが極端すぎるんだろう。それでもこうした状況に置かれると、「会ってもらう側」と「会ってあげる側」のような非対称な関係に敏感になり、そもそも「人と会う」ことの意味がよくわからなくなる。もちろん相手に非があるわけではなく、ただただ社会的な状況がつくり出す、見えない壁の前でうろたえてしまう。

そんなとき、インターネットはひとつの救いになるのかもしれない。以前だったら、画面に向かって独り言をぶつけるしかできなかったような相手にもＳＮＳのコメントやリプライやＤＭで自分の思いを伝えられるようになったのだから。場合によっては、相手から瞬時にリプライが届くことだってあるかもしれない。たとえ本人が読むことはなくても、「わたしはあなたに思いを伝えた」という記録がデータに残り、他の人たちの目に留まることもある。

これまで壁にはばまれて自分の意見を言えなかった人にとっては、それは言葉を（ともすれば対称性を）取り戻す機会と言えるのかもしれない。相手が為政者や権威者だったらなおさらで、ハッシュタグ・アクティヴィズムのようにSNSを使った社会運動が、実際に世界を動かし、少なくとも議論をはじめる契機になったりもする。

それでも……とここで立ち止まってしまうのは、あの日、「放っておくこと」という写真家の言葉を聞いたあと、そのすぐあとに飛び込んできた最初のニュースが、ある人の死を伝えるものだったからだ。「うそでしょ」という衝撃とともに、「またなの」という無気力な悲しみが胸に広がっていくのがわかった。

＊

わたしがその人のことを知ったのは、アメリカから帰国したばかりの頃だった。山手線のドアのところに貼られていた広告シールでたびたび目にするようになったのだ。カラフルな衣装を着て、かわいいメイクをして、クィアな魅力を放っている。殺伐としがちな都心の電車内で、そんな笑顔を見られることがとにかくうれしく、また安心な気持ちがしたのを覚えている。

「推し」という存在が長らくいないわたしにとって、ふだん特定の誰かをフォローしたり気にかけたりすることはほとんどない。それでもインターネットが欠かせない日々のなかで、その人の話題はことあるごとに流れてきた。どのようにパートナーと暮らし、家族を築き、変化を続けているのか。あまりの頻度に、良くも悪くも有名人であることのパワーを感じずにはいられないほどだった。

そしてこうして流れてくる他者の生き方やあり方に、いつの間にか自分までなんらかの感想や意見を「持たされている」、その危うさに気づきはじめた頃に入ってきたニュースだった。

うっすらとした悪意や許せなさ、他者を批判し、断罪したくなる気持ち。それはきっと誰の胸の内にもあるのだろう。わたしがその人に対して抱いていたのは、むしろその逆のことばかりだったけれど。でも相手が変わればそれもどうなるかわからない。

人と人とが向き合うとき、そこにはいつも「共感」と「反感」の反復のリズムがある。たとえば誰かのふとした発言に眉をひそめたすぐあと、その人が見せた親切な行為に思わず胸が緩んでしまう、とか。いつもは無愛想なはずの喫茶店の店主に、「いつもありがとう」と釣り銭を渡されて戸惑ってしまう、とか。もちろんその反対だって大いにある。

それでも心と心が出会うときには、そうした相反する感情が振り子のように揺れていて、それは本来なら止まることはない。反感の力とは、「分離しようとする力」でもある。反感があるからこそ、「わたし」と「あなた」の境界が生まれ、互いにちがう生を生きていることに気づくことができる。そこに「一体になろうとする力」である共感が加わって、わたしたちは互いに近づいたり離れたりしながら、動き続けるリズムのなかで他者とともに生きている。

それでもいまはインターネットの時代、誰かの日常が当たり前のように自分の生活に流れ込んでくる。物理的な関わりのないままに、ものすごいスピードで。それはあまりに一方的で、とめどなくて、とにかく遠くて、だから行ったり来たりと揺れ動く余地などないように思えてくる。そしてほとんど意識に上らないうちに、よく知らない誰かのことで頭がいっぱいになっている。

たとえばパートナーを愛する、子どもを育てる、容姿を変える。そうした極めて個人的なはずのことに、まっとうさとか常識とか責任とか、ひとつの物差しで測ってどこまでも追求したくなってしまう。そんなとき、そこにあるのはあまりに強い反発なのか、それとも度を越した共感――わたしの考えであなたを支配したい――なのか。

言葉を交わし、関係性を築く機会もないままに、他者に対する関心ばかりがどんどんふくらみ続けていく。それを相手にぶちまける一歩手前で口をつぐませてくれる、タイプする指をとどまらせてくれる、防波堤みたいなものはどこにあるんだろう。関心を装った無関心がいくつも破裂したとき、ひとの命を奪ってしまった、そんな気持ちが拭えなかった。

＊

『マンチェスター・バイ・ザ・シー』という映画が好きで、これまでに何度か見返している。どうしてだろう、ケイシー・アフレック演じる主人公はあんまり好感を持てるような人間じゃないし、全体的に陰鬱で、どこかホモソーシャルな空気が漂ってもいるのに。

スクリーンタイムのほとんどを占める男たちのあいだには、一触即発というか、どことなくひりひりとした緊張感がいつもあって、実際にバーでいきなり乱闘する場面が二度も出てくる。そしてわたしはその乱闘シーンからなぜだか目が離せないのだった。マサチューセッツ州の、うつくしいけれどさびれた小さな田舎町。そこでは主人公も含め、誰もが何かを抱えているように見える。そしてそれを抱えきれなくなったとき、言葉のかわりに拳が出る。

ここで描かれているのは、圧倒的な言葉の欠落なのだと思った。言葉と、その隙間を満たしてくれるはずの温かな接触と。拳じゃなければ暴言が飛び出し、口をつぐめば孤独になる。それが痛いほど伝わってくるから、わたしはこの映画を何度も観たくなる。

主人公とは比べようもないけれど、わたしもずっと小さな頃から人には言えないような罪悪感を抱えていた。罪悪感というより、胸の奥に眠っている「かすかな悪意」のようなもの。それが心の境界を越えて外にあふれてしまったとき、誰かのことを傷つけてしまう。わりと幼い頃から、そのことがわかっていた。

誹謗中傷や悪意に満ちた事件のニュースを聞いたとき、いつも大きく動揺してしまうのは、それが他人ごととは思えないからなのかもしれない。それがわたしでもおかしくなかった、わたしはいつそうなってしまうんだろう？　まるで大きな黒い魚みたいに、どこか不気味で制御できないものがわたしのなかに潜んでいる。それがいつ目を覚まし、周囲の人たちに噛みついてしまうのか自分でもよくわからない。

「キレる」と言ってしまえばそれまでなのかもしれない、でもそれ以前に必死に魚をなだめようとする自分がいることにも気づいていた。だからいつも疲弊して、それが怒りの火種になって、また――。でもそれも、昨年セラピストに話せたことで、少しずつ変わりはじめていった。

スクリーン越しではあったけれど、彼女はわたしの話を聞くためだけにそこにいてくれた。じっとりとした黒い魚、いつもそこにある悪の気持ち。それがどんなふうにわたしのなかにあるのか、いつから感じていたのか、それでどんなふうに人を傷つけたことがあるのか、そのためにどのような気持ちになったのか。そもそもその悪意は、いったいどこからやってきて、何が原因でつくられたのか。わたしは思い出せるかぎり具体的な経験とともに、すべてを言葉にしようとした。

「王様の耳はロバの耳」に出てくる床屋は、森のなかに深い穴を掘り、そこに頭を突っ込んで言えなかったことを思い切り叫ぶ。誰かに伝えてしまえば噂話や悪口になるし、もっとひどいことに罰として殺されてしまうから。たったひとりで秘密を抱え、お腹がはち切れそうだった床屋は、それを吐き出したことでようやく解放された気持ちになる。

カウンセリングには、たしかにそうした効果があると思う。それでもわたしが秘密を打ち明けたセラピストは、深い穴というよりも、むしろよく磨かれた鏡のようだった。彼女と向き合って話しながら、わたしははじめて自分の顔を見たような気がした。それは「傷つける顔」ではなく、「傷つけられた顔」でもなく、ただ「傷ついた顔」だった。

発達段階にある赤ん坊は、耳と喉の距離が大人よりずっと近いため、周囲の人たちの声を聞くと同時に声帯をもふるわせているのだと聞いたことがある。それと同じように、わたしは彼女に向かって言葉を発しながら、そのすべてを自分自身に語り聞かせていたのだと思う。その結果、これまで自分の心についた傷と、誰かを傷つけてしまうかもという衝動をすべてごっちゃにして受け止めていたことがわかった。自分に対する「悪口」としてではなく、そうしたことを言葉にできたのは、それがはじめてだった。

そのときわたしを癒してくれたのは、たぶんセラピストだけじゃない。それはわたしが語った言葉そのもの、そして鏡に映ったわたし自身で、わたしはその姿を最後には愛おしく思えたのだった。少なくとも、ポンと肩を叩いて励ましてあげたくなるような存在に。

*

「自分の薪を燃やす」という言葉がある。プロセス指向心理学の創始者アーノルド・ミンデルの『対立の炎にとどまる』という本に出てきた言葉だ。ミンデルはユング心理学やタオイズムなどによる知恵や経験をベースに、個人間、集団間、そして国家間に生じるさまざまな対立や分断を乗り越えるワークショップを世界中で開催、支援している。

実際にこの言葉を使ったのは、ミンデルがテルアビブで行った公開フォーラムに参加していたイスラエル人の女性だった。そこに参加していたイスラエル人たちは、ドイツ人相手だけではなく、自国人同士でも互いに罵り合うような緊迫した状況のなかにいた。そこで彼女はこう訴えたのだった。

あなたたちがひどく辛辣に言い合っているのは『自分の薪を燃やす』ことをしていないからです。あなたたちがそれをしない限り、問題を解決する力は十分に発揮できないでしょう。

わたしたちはきっと誰もが、自分のなかに怒りの燃料となるような、薪を抱えながら生きている。薪を燃やして生まれた炎は、自分のなかで燃えているかぎり「わたし」を解放させ、変容をもたらすエネルギーになる。でも火種を外に見出そうとすると、そこにはかならず対立の炎が立ちのぼる。もちろん薪を抱えるようになったきっかけは、社会における不正義だったり、構造的な欠陥だったり、歴史的な負債だったりと、外的な要因が大きく影響しているかもしれない。

でも、「自分の薪を燃やす」とは、ミンデルの言うように「まず自分のために涙を流す」ことなのだ。わたしがわたしとして生きてきたことで得た、怒り、喜び、悲しみ、許せないこと、恥ずかしかったこと、受け入れられないこと、罪の意識。そうして湧き上がってくる感情をそのまま受け止め、自分を、鏡のなかに写った自分自身を細部まで大切に扱うこと。そしてその鏡は、きっと外の世界へと通じていく。

本のなかでは、こうしたインナーワークを詳しく紹介しているけれど、やり方はきっとそれぞれあると思う。『マンチェスター・バイ・ザ・シー』の主人公の場合、ある出来事がきっかけで、"I can't beat it."（俺は過去を乗り越えられない）とはじめて認められるようになった。自分がいかに傷ついていたかを表す、このたった数語の言葉を口にしたことで、時間が再び動き出すような感覚があった。

わたしはといえば、セラピストとの会話と同様、これまでジンをつくり、またこうして連載エッセイを書き続けることでも薪を燃やしてきたように思う。過去を辿り、言葉を費やし（ああ今回もまた長くなってしまった……）、心のかまどに薪をどんどん焚《く》べることで、自分への認識が少しずつ変わりはじめている。それが孤独な作業にならなかったのは、こうして読んでくれるひとたちがいるからだ。ひとりでせっせと熾《おこ》してきた焚き火、でもそのそばにはいつも一緒に眺めてくれる誰かがいた。そのことにどれだけ救われたことだろう。

*

「放っておくということが、無関心ではなく、ひとつの愛の表現になるのではないか」という冒頭の言葉。あの日それを耳にしたときには、他者へと向けたものでしかないと思っていたけれど。でもこれはひっくり返せば、自分へと向けた愛にもなる。

すべての人と深い関係を築くことはかなわない世界のなかで、ときに他者のことを放っておくことが、相手へのやさしさとなる。それでも自分のことだけは、絶対に放っておいてはいけないのだ。

それはわたしが自分で焚べなくてはならない薪。わたしの心で燃やすための炎。

起きたことは変えられない、失ったものは取り返せない。あの日、感じた悲しみは減らずにいまもそのまま。それでも自分の薪を燃やしつづけて得た光を、それぞれの内に灯しながら、わたしたちはこの場所でまだ生きる。

自分のことを、放っておかないこと。それは自分への愛と尊重だけでなく、他者への愛と尊重でもあることをいつも忘れないでいたい。

アフター・トーク 11

記憶から遠ざかりつつある夏のあの灼熱のなかで、それでも自分の薪をせっせと焚べて燃やしつづけなければ、とても正気を保てなそうと思っていた。
ひとにやさしくね、やさしくいたいねって思うけれど、それを言うことも言われることも苦しくなることがある。やさしくなれない自分のことを、よく知っているからね。

いまではXと呼ばれるようになったTwitterのアカウントをつくったのは、もう十四年も前のこと。当時、自分が何をつぶやいたのかぜんぜん思い出せないけれど。この口、この指先からこぼれ落ちたり抑え込んだりした言葉はいくつあっただろうと、お腹のなかでじっと息をひそめている黒い魚のことを考える。魚じゃなくても、きっと誰もがそんな何かを抱えているんじゃないかな。

先日オルガ・トカルチュクのノーベル文学賞記念講演のテクストを読んだ。タイトルの『優しい語り手』とは、トカルチュクが夢見る「第四人称の語り手」のことだそう。それは「みずからのうちに登場人物それぞれの視点を含み、さらに各人物の視野を踏み越えて、より多く、よりひろく見ることのできる」存在なのだと。そして「優しさ」とは、自分とはちがうだれかのなかに、「絶えず似ているところを見つける技術」なのだとトカルチュクは書いている。

ノーベル賞のオフィシャルページに、本人がポーランド語で講演している動画が上がっていた。内容はわかっているのに、いまそこで響いている言葉がまったくわからない。教員養成の英語の授業で、「(一年生から授業があるのは)英語を教えるのではなく、わからないものをわからないままでも受け入れられる心を培うため」と先生が言っていたことを思い出す。

原稿を書きながら、インターネットに飛び交う無数の言葉のことを思わずにはいられなかった。いまこの瞬間にも、だれかを傷つけるような言葉をタイプしている指のことを。それからスクリーンの前で、キーボードに手を載せながら、それでもじっとそこで踏みとどまっている人たちのことを。自分から出てくる言葉が、少しでもやさしさに触れていますようにと願いながら、時に失敗し、自分の薪をそっと燃やしつづけることしかできないわたしみたいなだれかのことを。

写真は、オンが蜜蠟粘土で作った天使。かわいくてあったかくて、蜜蠟のいい香りがする。黒い魚だけじゃない、わたしたちのなかにはこんな天使もきっといる。わたしたちがほんとうに口にしたかったことを思い出させてくれる、やさしい語り手のような存在が。

12

壁の花ではなかった

お彼岸を迎え、秋の訪れとともに一年ぶりに喘息の気配を感じている。もう発作が起きることはほとんどないけれど、それでも台風が近づく低気圧の夜には喉の奥にヒューヒューと喘息患者特有の呼吸音がして、ああ、またこの季節がきたんだなと思う。

子どもの頃、喘息の夜はソファに座って眠った。横たわるどころか何かにもたれるだけでも苦しいので、クッションをお腹に抱えて丸くなって眠った。ばりばりにこわばった背中で、アルマジロみたいに。母がいつも隣にいて、時おりその甲羅みたいな背中を撫でてくれる。そうする母は、たぶんわたし以上につらかったはずだ。仕事もあったし、早起きして朝ごはんを作らなくちゃいけないし。

でもそれ以上に、目の前にいる人の苦しみが、他者の痛みが、自分のそれよりもつらいなんてことがあることを、わたしはオンと暮らすようになってはじめて知った。それはわたしがあなたではない、あなたの生には関与できないというあきらめと、でもほんとうにそうなのかな?という子どもっぽい疑念との終わらない綱引きみたいなしんどさでもある。

いま、喘息はひさしぶりに会った友人みたいにわたしを外側からノックする。以前は喘息はわたしの内側にいて、わたしたちは共存関係を結んでいた。わたしが走れば喘息が起きた。はしゃいでバカ笑いをすれば喘息が起きた。猫のいる中華料理屋に行けば、まくら投げをすれば、湿った冷気をただ吸い込めば。

わたしの行動と喘息はそのようにいつも連動していて、だからむしろ、喘息が起きることをいつも心待ちにしていたところがあった。喘息と喘息のあいまの時間、何も起きていない時間には「いつくるか、いつくるか」と待ち構えてどこか落ち着かない。でもいったん気管支がヒューと鳴りはじめれば、やっぱりね、と安心して苦しさに身を任せることができる。これでようやく走らずにすむ、これであらゆる活動を休止することができる。あとは吸入器をくわえて薬を飲んで、アルマジロみたいにしばらく丸まっていればいい。

それはたぶん、子ども時代に身についたライフハックのようなものだった。予期さえしていれば、すべてのことに落胆せずにすむというような。喘息はたいてい、激しく活動しがちなソーシャルな場面で起きる。起きることがわかっていれば、自分が輪から抜けることも想定内だしがっかりしない、傷つかない。

喘息がおさまるのを待ちながら、わたしはみんなのことを眺めている。背中を丸めて、輪の外で。〈Wallflower（壁の花）〉という言葉を知ったとき、自分のことを花にたとえる気恥ずかしさを忘れてわたしのことだと思った、そうしたセルフイメージが、のちの人間関係にも影響を与えていたかもしれない。

＊

かつて好きだった女の子のことを、かつて好きだったと、こうして堂々と書けるようになるずっと前のこと。わたしたちはまだ十代で、リボンやネクタイといったささやかなオプションもない、シャツとスカートだけのつまらない制服を身につけて、放課後の時間だけを楽しみに毎日を過ごしていた。ふたりとも帰宅部で、彼女のアルバイトがない日には、たいていいつも本屋に寄った。本屋でなければCDショップに、お金と時間があるなら映画館に。「デリバリーの寿司屋で馬車馬みたいにひたすらカッパ巻きを巻いてるわけ、欲しいものがいっぱいあるんだもん」と彼女は言っていた。

そう、あのときのわたしたちには欲しいものがたくさんあって、どうしても手に入れなきゃいけなくて、でもそれはきっと分かち合いたい相手がいたからだった。スマートフォンもサブスクリプションもない時代、わたしたちはそれらを物理的にシェアすることでつながっていた。同じ本を読み、好きな音楽を交換し（ミックステープならぬミックスMDとケーブルテレビで撮りためたMVクリップ集）、四本千円のレンタルビデオでスクールバッグをぱんぱんにして。

あの頃、彼女が好きだったものならわたしが一番知っていると思っていた。レディオヘッド、AIR、ケヴィン・スミスの映画、GRAPEVINEのボーカルに似たバイト先の先輩、ユアン・マクレガー、カラオケで歌う椎名林檎の「罪と罰」。タワレコ7階で仕入れた海外の音楽雑誌を机の上に広げながら彼女が言う、「なんてかわいいの、このトム・ヨーク、カットソーの袖が長過ぎて手が隠れてる！」

わたしは江國香織の描くロマンティックで絶望的な主人公にあこがれていて、彼女は吉本ばななの小説に出てくる人たちみたいに奔放でドライでどこか達観したところがあったけれど、ふたりとも山本文緒の作品に染み渡る、闇の部分にひそかに惹かれていた。

でもわたしは、彼女のことをほんとうにはわかっていなかったのだ。家出した、歳の離れたお姉ちゃんとはどんな関係で、幼なじみの恋人とふだん何をして過ごしていたのか。バイト先の「ワルい女友達」とはどんな話で盛り上がっていたのか。学校以外の場所で彼女がどんなふうに生きていたのか、わたしは何も知らなかった。彼女にしても、たぶん同じだっただろう。わたしの心中にあるドラマティックなできごとは、ほとんどが彼女にまつわるものだったとしても。

あなたは、わたしは、どんな大人になって、何の仕事をして、どんなふうに歳を重ねていくの？　二〇二三年のいま、あなたは、わたしは、何を考えて生きているの？　それはあまりにも遠い未来で、当時は想像してみることすら思いつかなかった。

わたしたちは高校の三年間を一緒に過ごし、卒業後はそれぞれ別の大学に入学して、いつのまにか会わなくなった。ガラケーからスマートフォンになり、連絡先もうしなった。あんなに何枚ものルーズリーフを費やして手紙を書き、パフェを分け合い、まだ苦手だったコーヒー片手に長いあいだ語り合ったのに、残っているのはばらばらに散らばった断片だけ。

わからないまま、それでも一緒にいられるということが、どれだけ贅沢なことであるのかに気づくには、まだまだ時間が必要だった。

＊

当時、書店の文学コーナーには、角川書店がアーティスト・ハウスと一緒につくっていた「BOOK PLUS」という海外小説シリーズがずらりと並んでいた。ペーパーバックみたいなポップな装丁と物理的な軽さ、田舎の高校生には新鮮だったヨーロッパやアメリカの若者たちの、ひりひりとした、時に吐き気を催すような物語群。それらにすっかりはまったわたしたちは、分担を決めてぜんぶ揃えようと意気込んでいた。

なかでもわたしが好きだったのは、スティーブン・チョボスキーの『ウォールフラワー』。のちに著者本人が映画化しているから、知っている人も多いと思う。「セルフ・エスティーム（自尊心）」という言葉を知ったのも、ジンという存在と出会ったのも、この小説を通じてだった。もう二十年以上も前、主人公のチャーリーと同じ年だったわたしはこの小説を何度も何度も読んだ。電車のなかで、教室の隅で、バスタブにつかって。

一度、読みながら感極まりすぎてお湯のなかに落としたことがあった。トンネルのなか、ピックアップトラックの荷台に立ったチャーリーが“I feel infinite.”（無限を感じる）と口にするシーン。カーステレオからは、小説ではフリートウッド・マックの「Landslide」、映画版ではデヴィッド・ボウイの「“Heroes”」が流れている。運転席には最高にクールな友人パトリックと、助手席にはずっと片想いをしていた年上の女の子のサム、顔に風を受けながら、チャーリーは「ここに立っているのは、まぎれもなくぼく自身なんだ、ぼくはちゃんと存在しているんだ」とはっきり気づく――。

胸がつまって、しばらく拾えなかった。だからあの本はくねくねと波打ったまま、いまではすかすかになった実家の本棚にぽつんと立っている。

若かった頃に大切だったものは、いまも同じくらい大切だろうか。時を経るごとに大切なものはふえつづける、大切に思った記憶はいまもある。でもそれがあのころと同じ気持ちのまま、ここに残りつづけているかというと、それはよくわからない。大切なもの、大切な人。

大人になって、恋人ができて、結婚して、子どもが生まれて、いつのまにか家族になって。そのひとつひとつのカテゴリーが持つ意味を、個人的にも政治的にも自分なりに考えつづけてなんとなくの答えは見つけつつあるけれど。その一方で、「友だち」と名付けられた関係が何を意味するのか、口にするたびに定義することから逃げつづけ、いまも途方に暮れている。

家族とはちがう、恋人とはちがう、パートナーともやっぱりちがうんだろう。そうした排他的な関係は、わたしにとってはある種の戦場で、そこでは100か0か、白か黒か、そうしたどこか破壊的なコミットメントをもってしか向き合うことができない。ぜんぶ教えるからぜんぶ教えて！　そういう極端さでぶつかり合うことで、一緒にいられる安心を手に入れていた。

でも「友だち」はちがう、友情は破壊できない、だって破壊したらそれが終わりだから。

それは壊してはいけないもの、壊すくらい近づいてはいけない相手。すべてを見せ合うことはできなくて、触れることもままならない、それでもいつもそばにいる。しばらくのあいだは。本質的に、それは距離があるから成り立つ関係で、あらかじめ離れているから離れなくてもよくて、だからこそ終わりを見つめなくてもすむ。

でも時が経ち、その距離が無限に引き伸ばされて、あなたのことがもうよく見えなくなったとき。それでもわたしは、あなたのことを友だちと呼ぶことはできるのかな？

＊

BOOK PLUS版『ウォールフラワー』の表紙には、全米ヤングアダルト部門で一位を獲得したという宣伝とともに、「青春の痛み」というコピーが書かれたシールがでかでかと貼り付けられている。青春、という言葉を読んでいま、少しうしろめたく思うのは、わたしがまだそのなかにいるからなんだろうか。四十歳を間近に控えてなお、「友だち」と名付けられた関係を前によろめきそうになるのは、わたしがいまもそれを希求しているからなのか。まるでサンタクロースのようにミラクルで、それ以上にずっとナイーヴな信仰。

わたしはもうすぐチャーリーの父親と同じ年齢になる。

あの教室のなかで、わたしたちはチャーリーと同じように「トモダチ」に向けて毎日手紙を書きつづけていた。そうした手紙はブログやSNSのように公に発信するものではなく、いつでもたったひとりの人に向けられたものだった。それらは他の誰にも読まれないよう、折り紙みたいにしっかりと折り畳まれていた。返事は必ず来た、早いときには次の休み時間に、遅くとも翌日の朝までには。

ルーズリーフにぎっしり書き込まれた誰かの言葉を、わたしのためだけに書かれた手紙を、毎日のように読んでいた日々があったことが、きっといまのわたしの一部をつくっている。すべてのことはわからない、でもただその人の人生の断片に触れられる経験が。

三十歳になったばかりの冬、『ウォールフラワー』の映画版が公開された。劇場を出ると風がびゅうびゅう吹いていたのを覚えている。やがて雨が降りはじめ、逃げるように駆け込んだ日比谷のスターバックスで、一気に書いた文章をTumblrにアップした。かつて好きだった女の子との物語を。

年が明けて数週間後、彼女から一通のメールが届いた。「私は、どこかへ行ってしまったわけではないのです」と彼女は書いていた。「何日か前、偶然あなたのブログを見つけました。たった一行分読むだけで、わたしはあなたのことをありありと描くことができた」と。

「恋人にそれを読んでもらった。わたしは彼女に連絡をするべきなのかしら、と聞いてみた。『きみへのラブレターみたいだ』と彼は言った。そしてわたしは急にあなたのことが恋しくなった――」

それはルーズリーフでも手書きでもなく、iPhoneの小さな画面でスクロールされる長いメールだった。サンタクロースのようにミラクルで、それ以上にずっとナイーヴな――。

読み終わってすぐ、たまらずに「会いたい！」と誘ったわたしの返信に、それでも彼女はなかなか答えなかった。

「でもこの肌荒れが治ってからがいいなあ、なぜか初恋の人に会うような気持ちでいる笑」

それからまた十年経って、わたしたちはいまだに一度も会えずにいる。

＊

映画版『ウォールフラワー』で、チャーリーはサムにいつか作家になりたいと打ち明ける。「でも何を書いたらいいのかわからない」とつぶやくチャーリーに、彼女はこう言うのだ。“You can write about us.”（わたしたちのことを書いてよ）と。「わたしのことを」と書かれていた小説版とはちがう。わたしのことではなく、「わたしたち」のことを。

You see things. You keep quiet about them. And you understand. You're a wallflower.（きみは周りを観察する。言いふらしたりはしない。ただすべてを理解しているんだ。きみは壁の花だ）

でも思い返してみれば、わたしは壁の花ではなかったのだ。わたしはチャーリーのように正直でも慎重でもなかったし、深い傷もなく、作家を目指すことも早々にあきらめた（男の子でもなかった、ということに傷つきを覚えるのはもっとあとになってからだ）。

それでもチャーリーにとってのサムみたいに、クールでかしこくてどこかさびしそうだった、かつて恋をしていた女の子のことをあれから何度も書いている。限られた彼女の断片をかきあつめながら。

そしてあの頃、わたしの周りには彼女以外にもたくさんの人たちがいた。わたしはいつのまにか壁から離れて、たくさんの人に話しかけるようになっていた。一緒に「放送部あらし」をして、放送室から勝手に好きな音楽をかけまくった仲間も、大晦日のたびに「うちで『200本のたばこ』を観ながら年越ししようよ」と誘ってくれる地元の友人もいた。

「サウスパーク」の新エピソードで盛り上がった男の子も、駅前のモスバーガーでわたしに「つきあってほしい」と言ってくれた男友だちも。

断ったわたしに、彼は「もうこれ食えねえよ」と涙目で笑いながら山盛りのフライドポテトを差し出した。

高校最後のクリスマス、彼女と一緒にクラスの子たちに呼びかけて、みんなで「シークレット・サンタ」をやった。『ウォールフラワー』に出てくるプレゼント交換ゲームで、それぞれくじ引きで引いた相手のサンタになり、その人の好きなものを想像してクリスマスにプレゼントを贈り合うというもの。それはわたしが人生ではじめて主催したパーティだった。

あのときわたしは誰のサンタになって、誰がわたしに贈りものをくれたのか、一生覚えていようと思ったはずなのにもう思い出すことができない。


きっとわたしは、わたしというものは、こんなふうに出会ったすべての人たちとの関係とともにつくられているんだろう。恋するわたしも楽しいわたしも、意地悪なわたしも怒れるわたしも。親になったわたしもそう、親じゃなかったわたしもそう。過ごした時間が何十年でも、もしくはただの通りすがりでも、すでに忘れてしまっても、とにかく出会った人のぶんだけ、わたしがいる。

あの頃、わたしが彼女のことを、彼女がわたしのことを、ちゃんとわかっていなかったと感じるのは、わたしたちがまだ道の途中にいたからだ。「わたし」ははじめから完成されてはいない、それは生きていくなかで常につくり続けられていくもの。だから誰かに自分の「すべて」を見せることなんて、そもそもできるものじゃないんだろう。家族でも恋人でも、友だちでも誰でも。

わたしたちはいつも何かの途中にいて、そこで出会ってはそれぞれの断片を手渡すことしかできない。でもそうしてもらったあなたの欠片が、いまもわたしのなかにある。あなたの心のなかにも、きっとわたしの欠片が。

わたしたちはそうして手に入れた欠片や断片をつなぎ合わせながら、関係性という網目を編み上げていく。すべてはわからないまま、それでも互いのことを思いながら。転んでも落っこちても、失敗してもだめになっても、きっと受け止めてもらえると思えるような、「安全ネット」を。

たとえすき間だらけでも、見えないほど遠くに離れていても、わたしたちはこの網目の世界でつながっている。「だいじょうぶ」と思えるのは、わたしが、わたしたちが、こうしたささやかなネットを互いに張りめぐらせてきたからだ。書くことで、語ることで。だめをだいじょぶにするために。

＊

メールのなかで彼女は書いていた、「田舎の町で、ビデオや雑誌や映画や音楽や小説のおかげで救われたと、あのころよく思っていた。それらがなければ、きっと不良になっていた。あなたの表現は、きっとどこかで誰かを揺さぶっているし、誰かを救うことになる」、あなたはわたしのヒーロー、どうか書きつづけていてね——。

わたしのことを、わたしたちのことを。それがまだあるから、断片でも欠片でも、ここにまだあるから。うしなうことよりも、うしなったことに悲しみを覚えることよりも、まだここにある、ということが、時々わたしたちの胸をつよく刺す。思い出とか青春とか、若かった日々とか、だめだった過去とか。

でもだいじょうぶ、だっていまも、いくつもの「わたしたち」がわたしに訴えてくるのだ。いまを生きるために、一緒に未来をつくるために。

“You can write about us.” あなたには書くことができるよ、と。

アフター・トーク 12

ほんとうはタイトルを「安全ネット」にしようと思って、でもぎりぎりまで迷ってこっちにした。この文章は、以前Tumblrに投稿した同じタイトルの文章に一部を負っている。映画版『ウォールフラワー』を観た、二〇一三年の年の瀬。降り出した雨は雪ではなく雹《ひょう》に変わった。

連載が決まったとき、毎回がらっとちがうテーマで書いていけたらと思っていた。育児と仕事と学びでぎちぎちの日々、それでも生活のすきまで受けとれるささやかな光のようなものを、だいじにだいじに書きとっていけたらと。もしくは、また別の野望もあった。教員養成やオイリュトミーを通じて、人生でもっともわくわくしながら向き合っている人智学の学びをエピソードに毎回組み込みながら、一緒に成長していけるような内容はどうかな!なんて壮大なイメージをふくらませながら。

ところが実際には(そして当然ながら)、知識も技術も心の余裕もぜんぜん足りなかった。だからただひたすら、飽きもせずに自分の過去ばかりこねくりまわし、ほとんど堂々めぐりのように走り抜けてきたんでした。

でも、わたしはたぶんずっとそうなのだ。これまでもずっと、そんなふうに書いてきたのだ。十年前に書いた「壁の花ではなかった」は、その後オンが生まれてからつくったジンのなかで書き直し、それに伴う個展でも重要なモチーフとして作品にした。そのあいまに「彼女」からメールがきて、文章にまたあたらしい意味がもたらされた。そしていま、これを書いたことでこれまで見えなかった何かが浮かび上がってきて（そこにはずっとうまく言葉にできなかった「友だち」という存在、そして自分のクィアネスみたいなものもたぶん含まれている）……。

Tumblrで書いたことをジンに、ジンで書いたことをインスタグラムに、そうして書かれたことをまた別の場所で。そんなふうにかたちを変えて、同じことを書き直し・語り変えながら、「安全ネット」の網目はどんどん小さく詰まって、いつのまにか布になっている。わたしはそんなふうにして、テキスト＝テキスタイル（織物）を紡ぎつづけている。

そこにはもちろん、これまで読みつづけてくれたたくさんの人たち、そしていまこうしてこれを読んでくれているだれかの存在も織り込まれていて、わたしたちはこんなふうにネットを編み、編みなおし、布を広げて互いに支え合っているんだなと思う。落っこちても、失敗しても、だめになってもだいじょうぶでいられるように。紙の上で、インターネットの網の目のなかで。

写真は BOOK PLUS版の『ウォールフラワー』。二十年以上経ったあとでも、まだだいじでたまらないと思える本があってうれしい。二十年後、この本はどんな場所にいるだろう？

"Living is a gift so great that thousands of people profit from each life lived."
生きることとは本当に大きな贈り物なので、生きられたひとつひとつの生からは、何千という人々が利益を得る。
(リスペクトル『G・Hの受難』よりトリン・T・ミンハが引用・管啓次郎訳)

わたしがやることなすこと、すべてがわたしとあなたとわたしたちの喜びのためじゃなかったらいったいなんなんだろう?
なんのために書き、なんのために生きるのかといったら、やっぱりあなたと仲良くなりたいからだ。わたしはあなたにやさしくしたい、あなたにもやさしくしてほしい。そんな気持ちでものを書き、そのあいまに生きてきた。書くことが、自分について書きつづけることが、ひとにやさしく、自分にやさしくいることの最後のよすがみたいに思って。

*

オイリュトミーレッスンの帰り道、新宿から渋谷へと向かうバスに揺られていた。いちばん奥の座席に背中を預け、〈guilty pleasure〉というベタなタイトルをつけたプレイリストを再生する。ほとんどが十代の頃に聴いていた曲ばかりだ。頭上を流れる並木のイチョウは、青々とした葉っぱのふちにわずかに黄色の予感があって、季節がめぐったことを教えてくれる。

この本のもとになった連載がはじまったのは、ゴールデンウィーク明けの五月。自転車に乗れないわたしでも、さわやかな風をぐんぐん切っていけるような、希望に満ちた初夏のはじまりだった。

あとがきを書きながら、ふとしたことがきっかけでまた松樹と喧嘩をした。喧嘩というより、いつものようにわたしの一方的な癇癪だったかもしれない。自分のことを「いいもの」だと思えないとき、世界のすべてが崩れ落ちる感じがして、だから「はやく！　はやく！」と急かすように、なだめる言葉を外に求めてしまう。十二回ぶんの原稿と、同じ数の「アフター・トーク」を書き終えたいまでも、わたしは「だいじょうぶだよ！」と胸を張っては言えないみたいだ。

世の中に目を向ければ、自営業者を分断するような制度がはじまり、買いものに出かけても値上げつづきで、なんだか不安になり銀行の残高ばかり気になってしまう。ニュースからは今日も戦いの最新情報が流れてくる。だれが悪いの？　どうしたら終わるの？

ほんとうに必要なのは、自己肯定感じゃなくて自己効力感だよ！と言った友人の言葉を思い出す。それでも毎日心が削られるような社会のなかで、どうしたら思えるだろう？

わたしにはやりたいことがある、わたしにはそれができるはず、と。

バスは都会のまんなかを走りつづけている。秋の高い空の下、代々木公園はどこまでも果てしなく広がっているように見える。そのすぐあとにあらわれるＮＨＫも、同じように巨大でなかなか視界からいなくならなくて、自分がほんとうにちっぽけな存在に思えてくる。そのことに痛みを感じながら、それでもとつぜん、そのちっぽけさが――小さくいるということが――、かすかな希望のように感じられ、わたしは座席に深く座りなおした。イヤフォンからはトム・ヨークが歌う「２ＨＢ」が流れてくる。『ベルベット・ゴールドマイン』のサントラ曲で、この映画に救われたと思っていた高校時代、もしわたしが死ぬようなことがあればこの曲をお葬式で流してほしい、なんて日記に書いていた。そしてそんなことを、いまのいままですっかり忘れていたことに、なんだかあかるい気持ちを覚えたのだった。

これまで書いてきたのはすべて過去のことで、わたしのことで、時をまたいでテーブルの下でうずくまる、「だめな日々」のことだった。それでもこの本は、何度もうしろをふり返りながらも、たしかに前を向いている。前を、そしてあなたのほうを。

生きるってことに、いまでもあんまり希望を持てない日もあるんだ。そんなことをこぼしながら、でも書きたいことはまだまだあって。おそらくそういうところに「だいじょうぶ」の余地が生まれるのだし、あっちこっちへとせわしなく揺れつづける振り子運動のあいまにこそ、拾ってゆけるものがあるんだろう。

たとえば「自立」、「故郷」、「友だち」、もしくは「完璧さ」や「うつくしさ」、「やさしさ」といった言葉。これまでその大きさに圧倒されて、ためらいなく語ることもその響きを味わうこともできなかった言葉を、自分なりに少しずつほぐし、ほどいていく。書くというのは、生きるというのは、あらかじめ与えられたひとつひとつの言葉を、より小さいものへと、自分ぴったりのかたちへと、つくり変えていく地道な作業なのかもしれない。

リスペクトルの書くように、すでに生きられたひとつひとつの生のなかには、きっとこうしてほどかれた何千もの小さな言葉がつまっている。それは夜空にかがやく星たちのように、あとからやってくるわたしたちの行く手を照らしている。喜びを与えるために、互いにやさしくあるために。

この本も、いつかだれかの道を照らす小さな光となりますように。たのしみに待つのではなくても、手にしたあとでその必要に気づく、そんなささやかな贈り物みたいに。

*

書くことはつづけていても、連載という定められたスケジュールのなかでは何も書き切ったことがないわたしに、まるでくだものでも手渡すような心安さで声をかけてくださったtwililight の熊谷さんに感謝を。熊谷さんが大切に手入れされている庭の片隅で、わたしも土を耕し、種を蒔き、自由にたくさんの実（ときに苦く酸っぱいものも）を育てさせてもらいました。

また装画を引き受けてくださった前田ひさえさん、デザインの横山雄さん、校正の渋谷遼典さんも、本書を「完璧なパフェ」に近づけるお力を貸して下さいました。

学びに仕事にといつも自分のことばかりのわたしに代わり、オンと時間をいっぱい過ごしてくれた母と父もありがとう。それぞれ言葉を生業にしていたふたりとかつて暮らしていたことが、たしかにわたしの一部を作っているのだと思う。

執筆中、いつも以上に家のあれこれを担ってくれた松樹、喧嘩しても、言い争っても、わたしの文章をはじめて読んでくれたその日から、ずっと仲良くしてくれてありがとう。湧き上がる思いを、疑問を、限りなくそのままのかたちで言葉にしてみる機会を毎日与えてくれることに。それでしょっちゅう失敗しても、何度もやりなおす余地が、その価値があるのだと思わせてくれることに。

それからこれまで十年以上にわたり、Tumblrやジンを読みつづけてくれた人たちにも。ふだん会うことはかなわなくても、そうして言葉の先で出会ってくれた人たちがいるから、わたしは「あなた」と書くたびにちゃんと胸が熱くなる。

最後にオン。いつも一緒に歌ってくれてありがとう。お話を語らせてくれて、手をつながせてくれて、毎日お味噌汁をつくろうという気持ちにさせてくれて。あなたがとつぜん寝しなにつぶやいた、

「きっちゃんがわかってほしいだけオンはちゃんとわかってるよ」

という言葉があったから、わたしはテーブルの下から出てこれを書くことができた。

二〇二三年十月
金木犀の香りにあまやかされながら、
きくちゆみこ

初出

twililight web magazine
2023年5月–10月

01	大地でしっかり	5月8日
02	自立、もしくは複数の顔との出会い	5月22日
03	ちゃんとひとりでみんなで一緒に	6月5日
04	わたしにとってのわたしたち	6月19日
05	心の底	7月3日
06	ビー・ヒア・ナウ	7月17日
07	完璧なパフェ	7月31日
08	鎮痛剤と押し寿司	8月14日
09	海のおうち	8月28日
10	熱の世界	9月11日
11	自分の薪を燃やす	9月22日
12	壁の花ではなかった	10月9日

きくちゆみこ

文章と翻訳。2010年よりパーソナルな語りとフィクションによる救いをテーマにしたジンを定期的に発行、言葉を使った作品制作や展示も行う。主なジンのタイトルに『愛を、まぬがれることはどうやらできないみたいだ。』、『内側の内側は外側（わたしたちはどこへだって行ける）』、訳書に『人種差別をしない・させないための20のレッスン』（DU BOOKS）などがある。現在はルドルフ・シュタイナーの人智学をベースに、心とからだと言葉を結びつけるための修行をあれこれ実践中。

だめをだいじょぶにしていく日々だよ

2023年12月13日　初版第１刷発行
2024年９月13日　　　　第２刷発行

著者　きくちゆみこ

発行人　ignition gallery
発行所　twililight
〒154-0004
東京都世田谷区太子堂4-28-10
鈴木ビル3Ｆ
☎090-3455-9553
https://twililight.com

装画　前田ひさえ
デザイン　横山 雄
印刷・製本　モリモト印刷株式会社

ISBN978-4-9912851-5-8　C0095　ign-020
落丁・乱丁本は交換いたします

だめを だいじょぶに

していく 日々 だよ